E-Z DICKENS SUPER-HÉROS LIVRE QUATRE:
SUR GLACE

Cathy McGough

Stratford Living Publishing

Table des matières

Dédicace

Pour les super-héros du quotidien.

Epigraphe

"On ne peut pas battre la personne qui n'abandonne jamais."
Babe Ruth

PROLOGUE

LE LENDEMAIN **ÉTAIT UN jour** d'école, mais avec la fin du monde imminente, ni E-Z ni Lia n'avaient l'intention d'y aller.

"J'ai un très mauvais pressentiment", a déclaré Lia.

C'était l'heure du petit déjeuner et elle était seule avec E-Z. Sam et Samantha dormaient encore, ainsi que les jumeaux Jack et Jill. Sam et Samantha dormaient encore, ainsi que les jumeaux Jack et Jill.

"Quel genre de mauvais sentiment ? demanda-t-il en ajoutant des céréales à la cuillère dans sa bouche.

"Tu sais, hier soir, quand j'ai cru entendre quelque chose ?"

"Oui, mais vous avez dit que c'était une fausse alerte. Que les bruits avaient disparu et que tout était redevenu normal."

"C'est le cas et ce n'est pas le cas. C'est difficile à expliquer. J'ai entendu Rosalie m'appeler, puis elle s'est arrêtée. Elle n'a pas réessayé, alors j'ai pensé que tout allait bien. Mais maintenant, je suis inquiet parce que j'ai essayé de la joindre et je n'y suis pas parvenu.

Elle n'a répondu à aucun de mes messages. Je pense que nous devrions aller la voir. Juste au cas où. Ça me rassurera de savoir. Sinon, je ne pourrai rien faire aujourd'hui."

"Peut-être qu'elle fait la grasse matinée ? Ou que la batterie de son téléphone est à plat". Il a fini son verre de jus d'orange et s'est éloigné de la table. Il mit la vaisselle dans le lave-vaisselle.

"Peut-être. Mais j'aimerais quand même la voir."

"Allons lui rendre visite, pour te rassurer", dit-il en appelant un taxi. "J'espère qu'ils nous laisseront entrer. Après tout, nous ne sommes pas de la famille."

Ils traversent la ville et demandent des nouvelles de Rosalie à la réception. La femme leur a demandé : "Vous êtes de la même famille ?" Les deux ont répondu par la négative. La femme leur dit : "Asseyez-vous, s'il vous plaît".

"Tu vois", a chuchoté Lia. "Elle avait l'air méfiant. Comme si elle cachait quelque chose."

"Oui, j'ai vu ça aussi. Mais peut-être que nous l'imaginons parce que nous sommes inquiets pour Rosalie. Tout ce qu'on peut faire, c'est attendre et essayer de s'occuper. Nous sommes ici et nous ne bougerons pas tant que nous n'aurons pas vu qu'elle va bien."

Trente minutes plus tard, ils attendent toujours, de plus en plus impatients.

Lia se lève. "Je ne peux plus attendre."

E-Z dit : "Whoa ! Attends un peu." Elle s'est rassise. "Donnons-leur encore trente minutes avant de leur faire la peau."

"Qu'est-ce que cela veut dire ? demande Lia.

"J'oublie toujours que vous n'êtes pas d'ici. Cela signifie qu'il faut s'attaquer à quelque chose avec toutes ses armes. En dernier recours. C'est une façon de parler, bien sûr. Bien que certains postiers l'aient pris au pied de la lettre".

"Je parie que si nous étions des adultes, ils nous auraient déjà parlé. Parfois, je déteste être un enfant."

Il y a des avantages à cela", a déclaré E-Z. "Essayez de jouer à un jeu sur votre téléphone ou de lire un livre. "Essayez de jouer à un jeu sur votre téléphone ou de lire un livre. Cela fera passer le temps et ils nous aideront davantage si nous sommes patients."

"J'aurais aimé apporter mes écouteurs. J'aurais pu écouter les nouveaux morceaux de Taylor Swift".

"Tiens", dit-il, "tu peux m'emprunter le mien". "Tu peux emprunter le mien.

Trente minutes se sont encore écoulées et E-Z est retourné calmement au comptoir. Lia est restée en arrière, écoutant de la musique. Il jeta un coup d'œil en arrière. Elle avait les yeux fermés. Elle n'avait même pas remarqué qu'il était parti.

"Euh, est-ce qu'on sait quand on pourra voir Rosalie ?" demande-t-il.

"Désolé, quelqu'un vient vous voir. Elle sait que vous attendez ici." La femme clique sur son clavier. Comme

E-Z ne bougeait pas, elle tenta une deuxième fois de l'encourager à le faire. "J'ai parlé personnellement à ma directrice. Elle viendra vous parler dès qu'elle le pourra. Rejoignez votre ami, s'il vous plaît." Elle fit un signe de la main en direction de Lia qui était occupée sur son téléphone.

E-Z retourna aux côtés de Lia, à contrecœur. Il observa les gens qui circulaient. Certains résidents poussaient des déambulateurs. Quelques-uns étaient dans des fauteuils roulants, poussés par des assistants, tandis que d'autres grattaient eux-mêmes leurs roues. La plupart des résidents lui sourient, quelques-uns le saluent. Il se demande combien d'entre eux reçoivent des visiteurs réguliers. Il espère que c'est le cas pour la plupart d'entre eux.

Au fur et à mesure que les portes s'ouvraient et se refermaient, l'odeur du déjeuner lui parvenait aux narines et son estomac gargouillait. Il se demanda quelles étaient les spécialités des résidents aujourd'hui. Peut-être du poisson et des frites. Peut-être une petite tarte à la mode. Il regretta de ne pas avoir pris un petit déjeuner plus copieux lorsque Lia lui rendit ses écouteurs.

"Une chance d'accélérer les choses ? Je meurs de faim !"

"Moi aussi, mais pas vraiment. Elle a dit que le directeur serait bientôt avec nous, mais je ne comprends pas pourquoi Rosalie ne vient pas nous voir elle-même. C'est quoi le problème ?"

"Je ne sens pas sa présence ici", dit Lia. "C'est comme si nous avions été déconnectés. La musique m'a permis de me distraire pendant un moment, mais maintenant j'y repense et j'ai faim. Ce n'est pas une bonne combinaison.

"Je vous entends", dit E-Z alors qu'une grande femme portant un badge d'identification de directeur général s'approche d'eux et se présente.

"Je m'appelle Eleanor Wilkinson et je suis directrice générale. Elle leur a serré la main. "J'ai cru comprendre que vous étiez tous les deux amis avec Rosalie. Lui avez-vous déjà rendu visite ici ?"

"Non, nous ne sommes pas venus ici", dit Lia. "Mais nous sommes ses amis, des amis proches. Et nous nous inquiétons pour elle. Elle n'a pas répondu à mes messages, ni à son téléphone."

Mme Wilkinson dit : "Je suis désolée de vous l'apprendre, mais Rosalie est décédée dans la nuit. Nous attendons l'arrivée de ses proches. Ils n'habitent pas dans les environs.

"Je m'excuse de vous avoir fait attendre si longtemps. Mais je devais leur parler avant de vous parler. Vous comprenez. Nous avons des règles à suivre."

Lia se laissa tomber sur la chaise et se mit à sangloter, tandis qu'E-Z prit sa main dans la sienne et ils restèrent assis en silence pendant quelques secondes avant de demander : "Qu'est-ce qui lui est arrivé ?"

"L'enquête est en cours", a déclaré Wilkinson. "Désolé, je ne peux rien vous dire de plus. Sauf si vous êtes de la famille. Toutes mes condoléances."

"Elle représentait tout pour moi", a déclaré Lia.

"Comment l'avez-vous rencontrée ? demande Wilkinson. "C'était une grande dame. Nous nous sommes rencontrés par l'intermédiaire d'un ami", a menti Lia.

"Intéressant", dit Wilkinson, "compte tenu de votre différence d'âge".

"Tu veux dire parce que je suis une enfant et pas elle ? Je veux dire qu'elle ne l'était pas", demanda Lia avec colère. Elle se lève.

"Désolé, je ne voulais pas vous contrarier. Bien sûr, de nombreux résidents ici aimeraient avoir des amis avec qui discuter. En particulier les enfants qui, comme vous, s'intéressent à la vie, et à qui ils pourraient raconter leurs histoires en direct. Ainsi, ils ne seront pas oubliés après leur départ."

"Nous nous souviendrons toujours de Rosalie", a déclaré E-Z.

"On peut la voir pour lui dire au revoir ? demande Lia.

"Je crains que ce ne soit pas possible. Nous avons des procédures. Mais si vous laissez vos coordonnées à la réception, nous pourrons vous appeler. Pour vous faire savoir quand auront lieu les visites et les funérailles."

E-Z a laissé son numéro de téléphone à la réception. Ils s'apprêtaient à monter dans un taxi lorsqu'il s'est souvenu du livre.

"Attendez ici", dit-il. "Je reviens tout de suite."

Il s'est approché de la réception.

"Je suis désolé, mais nous ne pouvons pas accepter la mort de notre amie Rosalie. Pas sans qu'au moins l'un d'entre nous ne la voie. Mme Wilkinson a dit que nous ne pouvions pas entrer, mais pourrais-je passer la tête dans la pièce ? Je ne resterais pas longtemps. Donc, je peux dire à mon ami que j'ai vu Rosalie et je peux confirmer qu'elle n'est plus avec nous ? Elle a traversé tant d'épreuves, avec la perte de ses yeux et tout le reste. Ça la soulagerait de savoir avec certitude par quelqu'un qu'elle connaît et en qui elle a confiance."

"Ah, pauvre petite chose. Je comprends. Venez avec moi", dit la femme. Une fois de l'autre côté du bureau, elle demande à un collègue de la remplacer. "Je reviens tout de suite", dit-elle.

E-Z la suivit plus profondément dans le cœur de la résidence pour personnes âgées. L'endroit était lumineux, pas déprimant comme il avait entendu dire que ce genre de maison pouvait l'être, mais très calme. Probablement parce que tout le monde déjeunait à la cafétéria. Son estomac gargouilla à nouveau.

"Tout le monde est dans la salle à manger", dit la femme comme si elle savait à quoi il pensait. "C'est le jour du fish and chips, avec de la gelée rouge et de la crème fouettée en guise de dessert. Un repas extrêmement populaire que tout le monde veut s'approprier. Un autre jour, il serait impossible de vous laisser entrer parce qu'il y aurait trop de monde."

"Ça sent bon, c'est sûr", dit E-Z. "Et merci pour votre aide, je, nous, l'apprécions vraiment."

Elle s'est arrêtée et a ouvert la porte.

"C'est la chambre de Rosalie. Je vais attendre ici. Vous avez deux minutes ou moins si quelqu'un me repère."

"Merci encore", dit E-Z lorsque la porte se referme derrière lui. L'odeur était étrange, comme s'il y avait eu un feu de joie. Il a regardé dans la pièce pour voir s'il y avait des caméras. Pour autant qu'il le sache, il n'y en avait pas.

Sous le drap blanc, leur ami était couvert de la tête aux pieds. Il s'approcha, luttant contre l'envie de fuir, mais ayant besoin d'en avoir le cœur net, de le voir de ses propres yeux. Il tira le drap vers l'arrière et le regarda tomber sur le sol comme un fantôme.

Immédiatement, une odeur lui assaille les narines. Comme un barbecue. De la chair brûlée. Et il vit le bras de Rosalie qui pendait, couvert de brûlures et de cloques. Que lui était-il arrivé ? Qui lui avait fait ce malheur, et pourquoi ?

Il repousse sa chaise et regarde la pièce, qui est impeccable et ne présente aucune trace d'incendie.

Cela n'a pas pu se produire ici. Si ce n'est pas le cas, alors où ? L'ont-ils déplacée dans cette pièce, après ?

La femme à la porte frappe. "Dépêchez-vous, s'il vous plaît", dit-elle.

Il a ouvert le tiroir de sa table de nuit. Il était là. Le livre dont Rosalie leur avait parlé. Celui dans lequel elle avait consigné les informations sur les autres enfants.

"Le temps est écoulé", dit la femme.

E-Z range le livre dans son dos. Il appuya sur le bouton d'ouverture de la porte et ils retournèrent à l'accueil.

"Merci", dit-il. "De la part de mon ami et de moi-même. Vous nous avez donné la paix. Veuillez nous faire savoir quand les funérailles et la visite auront lieu. Oh, encore une chose, j'ai remarqué qu'elle avait des brûlures sur le corps. D'autres résidents ont-ils été blessés dans l'incendie ?"

"Oh là là", dit la femme. "Je ne sais pas. Je n'ai pas entendu parler d'incendie. Je n'ai pas vu le corps ; je veux dire Rosalie moi-même. On m'a seulement dit qu'elle était décédée. Je ne connais pas les détails."

C'est bon", la rassure E-Z. "Je ne dirai rien. "Je ne dirai rien. J'apprécie tout ce que vous avez fait. Je vous remercie."

"Il n'y a pas eu d'incendie ici", a-t-elle déclaré. "Aucune alarme n'a été déclenchée à ma connaissance. Aucun camion de pompiers n'a été appelé. Je... Oh là là..."

E-Z fait un signe de la main et s'éloigne du comptoir. La femme était toujours en train de divaguer. Il se dit qu'il valait mieux qu'il sorte de là.

Le chauffeur a aidé E-Z à s'installer sur la banquette arrière à côté de Lia, qui attendait, puis a rangé son fauteuil roulant dans le coffre du véhicule.

"Ça t'a pris une éternité", se plaint Lia. "Qu'est-ce que c'est que ça ?

Elle a essayé d'attraper le livre, mais E-Z l'a gardé. Il s'aperçoit que le montant du compteur est déjà supérieur à ce qu'il a sur lui.

"Il n'y a rien à faire. J'ai jeté un coup d'œil à Rosalie. Et j'ai attrapé ça. C'est le livre dont elle nous a parlé. Nous irons le voir quand nous serons rentrés." Il murmure : "Tu as de l'argent ?"

À eux deux, ils n'ont pas assez d'argent pour payer le taxi.

"Vous devrez demander à votre mère ou à l'oncle Sam de nous aider", dit-il, alors que le chauffeur s'arrête devant la maison.

Le chauffeur aide E-Z à s'asseoir dans son fauteuil, tandis que Lia se précipite à l'intérieur. Elle en est ressortie avec assez d'argent pour couvrir le prix de la course et le chauffeur s'est éloigné.

"Sam m'a donné l'argent.

"A-t-il demandé à quoi ça servait ?"

"Non, mais je m'attends à ce qu'il le fasse".

À l'intérieur, Sam et Samantha s'affairent dans la cuisine. Elles essayaient de préparer le petit déjeuner à la hâte, tandis que les jumeaux les assaillaient de cris affamés.

"Pourquoi n'es-tu pas à l'école ? demande Sam.

"Je vous expliquerai plus tard. Euh, on peut vous aider ?"

"Non, mais merci", dit Samantha. Elle commence à nourrir Jack.

Sam acquiesce et se met à nourrir Jill.

E-Z et Lia sont entrés dans sa chambre et ont fermé la porte. Alfred lisait le journal.

"Rosalie est morte", dit Lia, puis elle tombe à genoux et sanglote, tandis qu'E-Z l'entoure de son bras et qu'Alfred se précipite à ses côtés. Les trois se sont serrés l'un contre l'autre et ont pleuré jusqu'à ce qu'ils n'aient plus de larmes.

"Qu'est-ce que vous avez là ? demande Alfred.

"J'ai pris le livre."

Lia l'a ramassé, puis s'est levée et l'a serré contre sa poitrine comme si elle faisait un câlin à son amie, mais au lieu de cela, elle a tout vu. Rosalie dans la Chambre Blanche. Les Furies dans la Chambre Blanche avec elle. Les livres qui brûlent. Des étagères qui tombent. Du feu partout.

Lia s'est mise à genoux.

"Elle était si courageuse. Très courageuse".

"Vous avez vu le feu ? demande E-Z. "Qu'est-ce qui s'est passé ?

"Vous saviez, pour l'incendie ?"

Il a acquiescé.

"Pourquoi ne m'as-tu rien dit ?" Elle connaissait déjà la réponse à cette question. Il la protégeait de la vérité. "Quand j'ai touché le livre, j'ai tout vu. Rosalie était dans la chambre blanche. Et les Furies étaient là avec elle. Elles voulaient qu'elle leur parle de nous et des autres enfants. Elles l'ont torturée, mais elle n'a pas cédé."

"Pourquoi ne nous a-t-elle pas appelés ?"

"Elle a essayé. Je ne savais pas que c'était une question de vie ou de mort. C'est parti, alors j'ai pensé que tout allait bien".

"Ce n'est pas de ta faute", dit E-Z.

"Elle est morte seule, sous les étagères, avec les livres qui brûlaient autour d'elle. Elle ne méritait pas de mourir ainsi. Personne ne mérite de mourir comme ça". Elle sanglote dans ses mains.

"Pauvre Rosalie", dit-il. "Elle aurait pu me convoquer. Elle l'a déjà fait. Pourquoi ne m'a-t-elle pas convoqué ?"

"Parce qu'elle vous aurait mis en danger. Elle est morte pour nous protéger."

"Alors, les Furies ont essayé de lui soutirer nos noms et ceux des autres enfants, et elle s'est sacrifiée pour nous sauver ? Pour garder notre secret. Rosalie était une femme extraordinaire. Nous ne l'oublierons jamais - jamais", dit Alfred en retenant ses larmes. "Elle mérite une médaille. Une médaille d'honneur."

"Attendez une minute, peut-être qu'ils l'ont empêchée de nous appeler ?" dit E-Z.

"Elle m'a envoyé un SOS, mais elle l'avait déjà fait auparavant. Une fois, elle l'a fait parce qu'il n'y avait plus de thé au foyer et qu'elle voulait se défouler. Je ne savais pas que ce SOS signifiait que sa vie était en danger".

"Vous ne pouviez pas savoir. Aucun d'entre nous ne le pouvait. Nous ne pouvons pas nous en vouloir." Tous les trois sont restés silencieux. "Attendez une minute, regardons le livre."

"C'est tout ce qu'elle nous a dit que ce serait. Une liste complète, avec des détails sur tous les enfants qui sont comme nous. Heureusement que les Furies n'ont pas mis la main dessus !"

"Hé, attendez une minute !" dit E-Z. "La simple idée qu'ils l'ont torturée, pour trouver des informations sur nous et les autres, signifie que les Furies savent que nous existons tous. Cela signifie que ces enfants sont dehors, tout seuls, et qu'ils ne savent même pas ce qui les attend !

"Nous devons d'abord les atteindre. Parce que ce n'est qu'une question de temps avant que - quelle que soit la façon dont ils ont découvert notre existence - ils ne découvrent où ils se trouvent."

"Et si c'était un piège, pour que nous menions les Furies directement à elles ? demande Alfred.

"Je ne pense pas qu'ils sachent où nous trouver, sinon ils seraient là, n'est-ce pas ? demande E-Z. "Je veux dire, ils avaient l'élément de surprise. En tuant Rosalie, ils nous ont mis la puce à l'oreille. Ils nous ont fait savoir qu'ils savaient quelque chose... probablement pour nous mettre la puce à l'oreille parce que c'est nous qui commandons." "Et les autres enfants ?" demande Lia. "Comment allons-nous les atteindre sans nous faire remarquer ?"

"Hadz ? Reiki ?" E-Z appelle. "Si vous m'entendez, nous avons besoin de votre contribution et de votre aide."

POP.

POP.

"Tu sais pour Rosalie ? demanda-t-il.

"Oui, nous le savons, et c'est une bien triste histoire à raconter", dit Hadz en essuyant ses larmes avec ses ailes. "Ils ont torturé ici, dans la Salle Blanche. Et comme si cela ne suffisait pas, ils l'ont totalement détruite, ainsi que tout ce qu'elle contenait. Tous ces beaux livres ailés ont disparu. Rosalie, disparue. Disparue." Elle ne pouvait plus parler à cause des sanglots.

"Voilà, voilà", dit Reiki. "Et ce n'est pas tout. Nous ne savons pas ce qu'il est advenu de l'âme de Rosalie."

"Attendez, son corps est dans le lit de sa chambre à l'autre bout de la ville, à la résidence pour personnes âgées. Peut-être que son âme est là-bas avec elle ?" demande E-Z.

Reiki dit : "Avez-vous quelque chose de scellé, de fermé, d'air, de tout ? Si oui, allez le chercher immédiatement, puis nous irons voir si l'âme de Rosalie est avec elle. Nous la persuaderons d'aller dans le conteneur - temporairement - jusqu'à ce que nous trouvions où se trouve son capteur d'âme. J'espère vraiment que ces Furies ne l'ont pas prise."

E-Z se précipite dans la cuisine, où Sam et Samantha sont occupées à nourrir les jumeaux. "Est-ce qu'on a toujours ce grand thermos ?"

"Oui, c'est dans le placard au-dessus du réfrigérateur", dit Sam, puis il roucoule en direction de son fils.

"Merci", dit E-Z en retournant dans sa chambre. "Est-ce que ça ira ?"

Il leur a fallu deux personnes pour porter le conteneur.

"Attendez !" cria Alfred, juste à temps pour les rattraper avant que Hadz et Reiki ne surgissent. "Je peux peut-être vous aider ? J'ai des pouvoirs de guérison. Emmenez-moi avec vous. Laissez-moi essayer. S'il vous plaît."

POP

POP

FIZZLE

Ils disparaissent tous les trois et atterrissent dans la chambre de Rosalie.

"La voilà", dit Alfred en sautant sur le lit, prenant soin de ne pas la piétiner avec ses pieds palmés. Avec son bec, il souleva le drap, tandis que Hadz et Reiki restaient à proximité.

"Qu'est-ce qu'il va faire ? demande Reiki.

"Chut, dit Hadz.

Alfred posa son bec sur le front de Rosalie et toucha son cœur avec une de ses ailes. Rien ne se passe.

"Laissez-moi essayer autre chose", dit le cygne. Cette fois, il plana au-dessus du corps de Rosalie, le front appuyé contre le sien. Encore une fois, rien.

"Vous avez fait de votre mieux, dit Hadz, maintenant nous devons protéger son âme. Sortez, sortez, où que vous soyez."

Et c'est ainsi que l'âme de Rosalie a dérivé vers eux.

"Tu seras en sécurité ici", dit Reiki, tandis que l'âme est amenée dans le récipient et que le couvercle est fermement refermé.

POP.

POP.

FIZZLE.

"Avez-vous pu l'aider ?" demande Lia, mais elle connaît déjà la réponse par le regard d'Alfred. demanda Lia, mais elle connaissait déjà la réponse par le regard d'Alfred. Elle le serra dans ses bras : "Je suis sûre que tu as fait de ton mieux."

"Il l'a vraiment fait", a déclaré M. Hadz.

"Son âme est en sécurité, ici... personne ne doit l'ouvrir. Elle doit être gardée en sécurité jusqu'à ce que l'Attrapeur d'âmes soit prêt à la prendre."

"Peut-être devriez-vous le garder avec vous ? dit Alfred. "Et merci de m'avoir laissé essayer."

Dans la chambre d'E-Z, *les Trois* élaborent un plan pour réunir les autres enfants. Il fut décidé qu'E-Z se rendrait en Australie pour y chercher Lachie, également connu sous le nom de "The Boy in the Box" (le garçon dans la boîte). Alfred se rendra au Japon, où il ira chercher Haruto, le garçon qui a été abandonné dans la forêt. Enfin, Lia traversera les États-Unis pour récupérer Brandy, la fille qui peut revenir à la vie.

Leurs missions étaient claires - ce qu'ils feraient une fois sur place ne l'était pas. Les *Autres* sont d'âges différents, de cultures différentes, de langues différentes. Certains auront besoin de la permission de leurs parents, d'autres non.

"Je me demande ce que Rosalie leur a dit à notre sujet. demande Lia.

"Nous pourrons leur demander quand nous les verrons", suggère Alfred.

"En attendant, nous avons des bagages à faire et des projets à réaliser. Je m'y rendrai dans mon fauteuil, mais vous avez tous les deux des options. Décidez ce qui vous convient le mieux et mettez votre plan à exécution. Je suis sûr que vous prendrez la bonne décision et le temps presse."

"Je suis contente que tu dises ça", dit Lia, "parce que je ne suis pas sûre de vouloir prendre l'avion pour aller là-bas. Je pense que la Petite Dorrit serait la meilleure option, mais je ne suis pas sûre qu'elle soit enthousiaste. Elle partira avec un passager et reviendra avec deux."

"Je n'en suis pas sûr non plus", dit Alfred. "Je pourrais prendre l'avion de mon plein gré, mais comme Haruto est assez jeune, il faudrait que je l'accompagne dans l'avion, à moins que ses parents ne viennent aussi. De plus, je dois m'inquiéter du mauvais temps - et c'est loin."

"Comme je l'ai dit, c'est à vous de décider ce qui vous convient le mieux. Alfred, si vous décidez de prendre l'avion, demandez à l'Oncle Sam de régler les détails pour vous".

Les Trois se préparent à réunir tous les enfants. Ensuite, elles planifieraient la défaite de ces méchantes Furies. Même si c'était leur dernier plan.

CHAPITRE UN

AUSTRALIE

E-Z **A ÉTÉ LE** premier de l'équipe à quitter l'Amérique du Nord. Volant à travers le ciel dans son fauteuil roulant, il a apprécié la liberté que lui procurait l'air libre.

La simple idée de ranger son fauteuil roulant dans l'avion lui donne la frousse. Et s'il se perdait ? Ou s'il était détruit ? Ce n'était pas un risque à prendre. Batman abandonnerait-il sa Batmobile ? Jamais.

Cependant, il était presque certain qu'il devrait prendre l'avion avec Lachie. Ce ne serait pas juste de faire voler le gamin tout seul. Peut-être qu'ils feraient une exception pour lui et le laisseraient prendre l'avion dans son fauteuil roulant ? Cela vaudrait la peine de se renseigner. Il traversera ce pont quand il y arrivera. De plus, il ne voulait même pas penser à la nourriture des avions. Heureusement qu'il avait un panier-repas avec lui.

Il a joué aux dodgems avec les nuages et, à une ou deux reprises, les a traversés de part en part. Mais il doit se concentrer. Après tout, l'Australie est à l'autre bout du monde.

Les notes de Rosalie sur le garçon dans la boîte n'ont pas été aussi utiles qu'il l'espérait. Il avait lu son histoire sur Internet. Ce qui ressortait le plus, c'était que le garçon préférait maintenant les animaux aux gens. C'était logique, après tout ce qu'il avait vécu.

Le pauvre enfant était tellement perturbé quand ils l'ont trouvé qu'il avait oublié de parler. E-Z savait que la cruauté existait dans le monde, mais là, c'était inqualifiable.

E-Z avait beaucoup de questions auxquelles il espérait trouver des réponses : où étaient les parents de Lachie ? Qui a nourri et nettoyé sa cage ? Qui l'a mis là-dedans ? Qui l'a mis là ?

L'article indique que des journalistes ont été envoyés pour prendre des photos du garçon, pour voir comment il allait, mais les animaux ne les ont pas laissés s'approcher. Même lorsqu'ils ont essayé d'utiliser un téléobjectif. Les pies les ont attaqués et bombardés. Il a regardé quelques clips d'attaques de pies - on se serait cru dans le film d'Hitchcock *Les oiseaux*. Finalement, l'une des pies s'est envolée avec l'objectif du journaliste. Après cela, elles ont laissé le garçon tranquille.

E-Z espérait pouvoir gagner la confiance du garçon. Et que ses amis les animaux lui feraient également confiance. Si ce n'était pas le cas, son voyage serait inutile. Enfin, pas vraiment inutile s'il rencontrait le garçon et lui parlait. Aurait-il envie d'aider les autres, après la façon dont il avait été traité ? Seul le temps le dira.

Il survole l'océan Atlantique. Il avait déjà emprunté cette route et c'est là qu'il avait rencontré Alfred pour la première fois. Le téléphone qu'il avait dans sa poche vibra - il jeta un coup d'œil et il y avait un message de Lia.

"Je voulais juste vous dire que je voyage avec la Petite Dorrit."

"Vous avez décidé de ne pas prendre l'avion, finalement ?

"La Petite Dorrit est apparue, et elle est sur mon planning."

"On dirait que c'est un plan. Il a envoyé un emoji "pouce levé".

"Où es-tu ? demande-t-elle.

"Juste au-dessus de l'Atlantique. De l'eau, de l'eau et encore de l'eau".

Ils se sont déconnectés et il a accéléré le rythme, traversant l'Afrique où il a repéré Robben Island, la prison dans laquelle Nelson Mandela a été détenu pendant près de trente ans.

Son estomac gronde, il n'a pas envie du sandwich dans son sac à dos. Il se pose donc au Cap et espère pouvoir utiliser sa carte bancaire pour se restaurer. Il repère une enseigne de "Traditional Fish and Chips" avec un drapeau britannique, qui accepte les cartes bancaires. Il emporte le repas qu'il a préparé et s'envole vers le sommet du Lion's Head. Après avoir terminé son repas, qui était délicieux, il a pris un selfie et a poursuivi son voyage.

"Réveillez-moi dans deux heures", dit-il à son fauteuil roulant qui vibre puis s'accélère. Lorsqu'il se réveilla à nouveau, il traversait l'océan Indien. L'immense population d'étoiles qui l'entourait lui donnait l'impression d'être moins seul. Il a poursuivi sa route, triomphant d'avoir presque atteint son but lorsqu'il a vu le soleil à l'horizon se frayer un chemin dans le ciel pour inaugurer le nouveau jour.

Puis il l'a vue, juste devant lui : elle a repéré la côte australienne. Excité à l'idée de la voir de ses propres yeux, il a pris de la vitesse et s'est dirigé vers elle. Réalisant qu'il avait très soif, il a fouillé dans son sac à dos et en a sorti une bouteille d'eau qu'il a vidée. Il a remis la bouteille vide dans son sac pour s'en débarrasser plus tard, et bien qu'il soit encore assez rassasié par le poisson et les frites qu'il avait mangés plus tôt, il a décidé de manger le morceau de viande qu'il lui restait à manger. Il décida de manger le sandwich au jambon et au fromage que l'oncle Sam avait préparé.

Il survole l'Australie occidentale et, sentant la chaleur, il enlève son sweat-shirt et le met dans son sac à dos. Il s'enfonça dans l'Outback, dans le Territoire du Nord, se demandant où il devait atterrir lorsqu'un petit oiseau aux plumes bleues accentuées par un anneau noir autour du cou s'approcha de lui.

"Suis-moi, E-Z", dit-elle. "Je t'attendais."

"Euh, qu'est-ce que vous êtes ?", a-t-il demandé.

"Je suis un roitelet", dit-elle. "Viens, il t'attend."

Un groupe de buses les accompagnait.

"Ne vous inquiétez pas", dit le roitelet. "Ce sont nos escortes.

Il observe la forme unique que prennent les bandes blanches des buses à poitrine noire. Il avait entendu parler de la poésie en mouvement, et maintenant il savait exactement ce que cette expression signifiait.

C'est alors qu'il aperçoit le garçon. Il était en dessous d'eux et les saluait. E-Z lui a répondu par un signe de la main. Mis à part le fait qu'il était assis sur le dos d'un oiseau exceptionnellement grand, il ressemblait à n'importe quel autre enfant.

"Bienvenue en Australie", dit-il. "Il va bientôt faire nuit, alors suivez-moi. Oh, et au fait, vous pouvez m'appeler Lachie."

"Enchanté de vous rencontrer, Lachie ! J'ai hâte de découvrir votre fabuleux pays. J'aimerais seulement pouvoir rester plus longtemps.

"C'est la forêt de la savane", dit le garçon. "Respirez profondément et vous remarquerez l'odeur de l'eucalyptus.

"Oui, ça sent très bon", dit E-Z.

Ils continuèrent à voyager, à travers le pays des pierres, les plaines inondables et les billabongs. Enfin, ils sont arrivés à destination, à The Outliers.

"C'est ici que je vis", dit le garçon. "Le parc national de Kakadu est le plus grand parc national terrestre d'Australie, avec plus de 20 000 kilomètres carrés de terres. Je vis ici avec les plantes et les animaux". Le roitelet se pose sur sa tête. "Oh, tu es encore fatigué", dit le garçon en souriant. Puis il s'adresse à E-Z : "Elle a souvent besoin qu'on la soulève."

Lorsqu'ils sont arrivés à un endroit qui ressemblait à un camping, le garçon a dit : "Bienvenue dans ma maison".

Merci", dit E-Z. "J'ai bien besoin d'une douche, ou d'un bain, et je dois faire pipi". "J'aurais bien besoin d'une douche, ou d'un bain, et j'ai envie de faire pipi.

"J'ai creusé une tanière, là-bas derrière l'arbre. Tu seras en sécurité. Ensuite, je te montrerai où se trouve la cascade, pour que tu puisses te laver."

"Une cascade, hein ? Il y a des crocodiles là-dedans ?"

"Il y a des crocos dans les environs... mais ils sont habitués à ce que j'utilise la cascade. Je t'accompagnerai pour la première fois si tu veux ?"

"Non, j'ai des ailes et ma chaise aussi. Nous nous envolerons si nous entendons de grosses éclaboussures !"

"Bon, dit le plus jeune, il suffit de planer dans l'eau qui tombe, sans atterrir. "Il suffit de planer dans l'eau qui tombe - ne pas atterrir - et tout devrait bien se passer. Pendant ce temps, je vais chercher de la nourriture pour le dîner. Si tu as besoin d'aide, tu n'as qu'à crier et j'accourrai".

Alors qu'il s'approche de la cascade, il remarque des panneaux - et beaucoup d'entre eux portent les mentions DANGER et AVERTISSEMENT. L'un d'eux indiquait qu'il y avait des crocos d'eau douce et d'eau salée dans les parages. Aie, aie.

"Il ordonne à sa chaise de monter jusqu'en haut. Il entra directement dans l'eau, la tête la première, et s'assit là, profitant de l'eau qui tombait sur lui et autour de lui. C'était froid, au début, mais quand il s'y est habitué, il s'est senti bien.

En regardant autour de lui, il pensa à l'émeu sur lequel le garçon l'avait rencontré. Il lui semblait étrange qu'un oiseau de cette taille - avec ces ailes énormes - ne puisse pas voler. Il a lu en ligne des articles sur les oiseaux incapables de voler. Il a été surpris de voir que les kiwis, les émeus, les autruches, les pingouins, les casoars et les nandous figuraient sur la liste. Il a lu sur Internet que l'ADN des ratites avait changé et qu'ils ne pouvaient plus voler. Il s'est senti un peu coupable que lui, un garçon, puisse voler alors que ces magnifiques oiseaux ne le peuvent pas.

Une fois propre et vêtu de nouveaux vêtements, il retourna vers le garçon, qui s'affairait à préparer leur repas.

"C'est une prune de bouc".

E-Z a pris une bouchée. Le goût est incroyable.

"C'est une pomme rouge et ça, c'est du raisin de Corinthe.

E-Z a tout mangé et a adoré.

"Maintenant que c'était notre dessert, je dois préparer le plat principal. Le garçon creusa et creusa encore, puis sortit une marmite trop chaude pour qu'il puisse la manipuler. Lorsqu'il enleva le couvercle avec un bâton, l'odeur de ce qu'il avait cuisiné mit l'eau à la bouche d'E-Z.

"Ce sont des moules", dit le garçon en en déposant sur une feuille.

"Elles sont vraiment bonnes. Je n'avais jamais essayé les moules auparavant".

Le soleil se couche dans le ciel. "Il est temps de dormir", dit le garçon.

"Merci encore de m'avoir fait sentir que j'étais le bienvenu". E-Z bâille. Jusque-là, il n'avait pas réalisé combien de temps il était resté éveillé.

"Tu dormiras là-haut", dit-il en montrant un arbre dans lequel il y avait une cabane et une échelle de corde pour y descendre. "Tu peux voler jusqu'en haut, mettre tes freins pour ne pas bouger dans ton sommeil. Ma chambre est là-bas", dit-il en désignant un autre arbre avec une corde qui descend et une cabane au sommet.

"Dormez maintenant", dit Lachie. "Nous trouverons une solution demain matin.

CHAPITRE DEUX

JAPON

ALFRED AURAIT PU ÊTRE déposé par E-Z sur le chemin de l'Australie. Au lieu de cela, il a décidé de s'envoler à bord d'un avion, comme le veut la tradition humaine.

Il a fallu quelques négociations de la part de Sam pour convaincre les compagnies aériennes d'accorder un siège au cygne trompette. Sans parler d'un siège en première classe. Sam a fait jouer ses relations au travail pour aider Alfred à voyager avec style.

Dans la cabine, avec ses écouteurs et son nœud papillon porte-bonheur, Alfred se sent comme chez lui. Il est détendu et le personnel de cabine est attentif. Pourtant, il a hâte d'arriver au Japon. Et de rencontrer le garçon nommé Haruto.

Alfred avait rangé son sac à dos à proximité et, à l'intérieur, il avait quelques encas. Il attendait d'avoir vraiment faim avant de piocher dans ses sachets de riz sauvage et de céleri sauvage. En plus de la nourriture, il avait une batterie de secours pour son téléphone et la carte de crédit de Sam avec une lettre de consentement pour qu'il puisse l'utiliser.

Tout en regardant les nuages passer par la fenêtre, il pensa à Haruto. D'après les notes de Rosalie, il était beaucoup plus jeune que les autres enfants. Et elle n'avait aucune idée de ses pouvoirs - à supposer qu'il en ait.

Le plan d'Alfred était de tout expliquer aux parents d'Haruto d'abord, et d'espérer les rallier à sa cause. Puis d'expliquer plus en détail comment Haruto pourrait aider, une fois qu'il aurait confirmé son domaine d'expertise, c'est-à-dire les pouvoirs qu'il possédait.

Le plus difficile serait de les convaincre de laisser leur jeune fils voyager à l'étranger. Le paiement n'est pas un problème - Sam a dit qu'il devrait utiliser sa carte de crédit pour cela. Mais les convaincre de laisser un cygne emmener leur enfant en Amérique du Nord, voilà qui n'est pas gagné.

Il s'est penché sur le siège et celui-ci s'est incliné.

"Vous désirez quelque chose ?", demande la jolie préposée.

C'était une bonne chose que les humains puissent le comprendre maintenant. Cela lui rendait la vie beaucoup plus facile car il n'avait plus besoin de traducteur.

"Une tasse de thé ferait l'affaire", dit Alfred. "Dans un bol", ajoute-t-il. "Il est difficile de faire entrer ce bec dans une tasse de thé."

La préposée sourit. Quelques instants plus tard, elle revint avec un bol, un sachet de thé, du sucre, du lait et un autre bol d'eau fraîche. "Au cas où le thé serait trop chaud", dit-elle.

"Très attentionné en effet", dit Alfred.

Il laissa le thé refroidir et continua à regarder par la fenêtre. C'était tellement agréable de pouvoir s'asseoir et profiter de la vue. Sans avoir à se soucier des rafales de vent, de la neige, de la pluie ou des prédateurs.

Enfin, il a bu son thé avec un peu de lait et de sucre, puis s'est assoupi.

Il s'est réveillé en entendant l'annonce que les agents de bord préparaient les passagers à l'atterrissage. Il avait dormi pendant tout le vol !

Par la fenêtre, il avait une vue imprenable sur l'aéroport de Haneda. Autour de l'aéroport, il a vu beaucoup d'herbe fraîche à manger. Il en goûtera un peu et gardera son riz et son céleri pour plus tard.

Plus loin, on aperçoit la silhouette de la plus haute montagne du Japon, le mont Fuji. Sam avait raison : assis sur le côté gauche de l'avion, c'était le meilleur endroit pour voir ce que l'on appelait le cœur du Japon.

"Savez-vous qu'il y a une terrasse d'observation au cinquième étage ? De là, vous aurez peut-être une meilleure vue du mont Fuji", dit le préposé à Alfred.

"J'aurais aimé avoir plus de temps, mais je vous remercie. Peut-être sur le chemin du retour".

Les hôtesses l'ont autorisé à sortir de l'avion en premier. Ils ont fait la queue pour lui dire au revoir, comme s'il était une rock star.

Comme Alfred n'avait que son bagage à main et que les cygnes n'ont pas droit à un passeport, il est sorti de l'aéroport pour trouver un taxi.

Avant le voyage, il avait cherché sur Internet comment louer un taxi au Japon. Les informations fournies indiquaient qu'il devait rechercher un autocollant rouge dans le coin inférieur droit du pare-brise des taxis. Cet autocollant rouge confirmait que le taxi était disponible à la location.

Lorsqu'il en a trouvé un avec l'autocollant, il était très heureux. Il a volé jusqu'à la fenêtre ouverte et a donné une note au conducteur à l'aide de son bec. La note indiquait l'endroit où il devait se rendre. Le chauffeur était gentil et cela ne le dérangeait pas de transporter un cygne comme passager. Il appuya sur un bouton situé sur le volant, ce qui ouvrit la porte arrière pour qu'Alfred puisse monter. Le chauffeur referma la porte et ils partirent.

Haruto et sa famille vivaient dans la deuxième plus grande ville du Japon, Yokohama. Bien qu'il ait essayé d'admirer les paysages, y compris la ligne d'horizon, il ne pensait qu'à la façon dont il allait convaincre Haruto et sa famille de s'impliquer dans leur combat contre les Furies.

Le téléphone dans son sac à dos vibre. Il l'ouvre, c'est un message d'E-Z.

"Avec Lachie maintenant. Comment ça se passe au Japon ?"

Il tapait avec son bec, une technique qu'il avait apprise tout seul lors de son voyage au Japon. Il était rapide et ne faisait pas beaucoup de fautes de frappe.

"Je suis presque à Yokohama dans un taxi. J'espère arriver bientôt chez Haruto."

E-Z lui a envoyé un emoji "thumb's up".

Le fils d'Alfred aimait construire des robots Gundam. À Yokohama, un robot géant était en cours de construction. Lorsqu'il sera achevé, il mesurera 2,5 mètres de haut, a découvert Alfred en lisant des articles sur Internet. Son fils aurait aimé se rendre au Japon pour le voir. Depuis leur mort, Alfred a essayé de ne pas penser à eux, car cela le rendait triste. Aujourd'hui, au Japon, il a décidé de voir tout ce qu'il pouvait, comme si sa famille était là, à ses côtés. La vie était trop courte, même en tant que cygne, pour être triste tout le temps.

Le chauffeur s'arrête devant une maison de jardin dont les marches sont ornées de fleurs de part et d'autre de la balustrade. Le chauffeur ouvrit sa portière et Alfred sortit. Il monta quelques marches, s'arrêta et grignota l'herbe qui se trouvait de part et d'autre de l'escalier. L'air était frais et parfumé et le jardin privé à l'avant de la maison était magnifique. Presque arrivé au sommet, il remarqua que la façade de la maison était très accueillante, avec une fontaine à hiboux sur la gauche, près de l'entrée. Pourtant, la maison elle-même avait tous les stores baissés, comme s'il n'y avait personne. Il espérait bien que quelqu'un serait là pour l'accueillir. Il avait envie d'une collation et d'un peu de repos.

Il frappe à la porte avec son bec. Une voix émane d'une boîte située au milieu de la porte, qu'il ne peut atteindre sans s'envoler, ce qu'il fait.

"Je m'appelle Alfred", dit-il.

La porte s'ouvrit et une femme âgée lui fit signe d'entrer. Il la suivit, se demandant si l'un des membres de l'équipe avait contacté la famille pour faire les présentations avant son arrivée.

Il continua à la suivre, le bruit de ses pieds palmés claquant sur le parquet étant les seuls sons entendus. L'intérieur de la maison était plein de bois - et des orchidées odorantes embaumaient l'air. La femme âgée le conduisit dans le salon, qui était rempli de meubles, principalement en cuir. Les stores de l'arrière de la maison étaient ouverts et il put admirer la verdure luxuriante du jardin. Elle lui indiqua une chaise et il s'y installa.

Il venait à peine de s'installer confortablement que la femme revint dans la pièce avec un plateau rempli de thé fumant et de gâteaux. C'était comme si elle l'avait attendu - ou alors les bouilloires mettent beaucoup moins de temps à bouillir au Japon.

Derrière elle se trouvait un petit garçon qui s'accrochait à sa jambe et se cachait derrière elle. Le garçon avait l'âge d'être Haruto, mais ayant lu qu'il ne fallait pas appeler un Japonais par son prénom sans en avoir reçu la permission, il se mit à regarder Alfred de temps en temps, puis se cacha à nouveau. De temps en temps, le garçon jetait un coup d'œil à Alfred, puis se cachait à nouveau. Il avait l'air d'avoir quatre ou cinq ans tout au plus et portait un t-shirt Optimus Prime, un pantalon court et des pantoufles aux pieds.

"Tu aimes Optimus Prime ? demande Alfred.

Le garçon sourit, puis retourne à sa cachette.

La femme l'a repoussé pour pouvoir servir le thé.

Alfred a installé un traducteur sur son téléphone. Il a lu les mots "bonjour" sur son écran et a dit "Kon'nichiwa". Il s'est excusé pour sa mauvaise prononciation.

"Il est britannique", a dit le garçon, et la femme plus âgée l'a réprimandé.

Alfred est surpris de voir à quel point ce jeune garçon parle bien l'anglais. "Ah, vous parlez anglais. Et oui, c'est bien moi. Vous êtes bien malin d'avoir remarqué mon accent."

Le garçon regarda la femme avant de parler cette fois. Elle acquiesça.

"Père et mère sont au travail", dit-il. "Voici ma Sobo (ce qui signifie grand-mère) et je m'appelle Haruto.

"Hello", dit la femme, également en anglais. "Vous devriez revenir plus tard.

"Je m'appelle Alfred. Puis-je vous appeler Haruto ?" Le garçon acquiesce, puis s'adresse à la femme : "Comment dois-je vous appeler ?"

"Sobo", dit-elle, "tout le monde m'appelle Sobo puisque je suis la grand-mère de Haruto, je suis la grand-mère de tout le monde. Il est heureux de me partager".

Alfred acquiesce : "Je suis très heureux de vous rencontrer tous les deux."

"C'est Rosalie qui t'envoie ? demande le garçon.

"Vous vous souvenez de Rosalie ? demanda Alfred. Il était super content qu'ils aient ce lien - même si le fait de savoir à l'avance qu'Haruto parlait anglais lui aurait évité de s'inquiéter. Néanmoins, il décida de suivre le conseil de la femme et se leva pour partir.

"Mon père travaille dans les environs", dit Haruto.

"J'ai besoin de trouver un endroit où loger. Pouvez-vous me recommander un endroit à proximité ?"

La grand-mère d'Haruto a donné à Alfred une adresse et des indications pour s'y rendre à pied.

"Je vais appeler notre ami qui gère l'hôtel. Il vous aidera à vous installer et vous pourrez rejoindre mon fils plus tard au café."

"Merci", dit Alfred.

La marche jusqu'à l'hôtel a été courte et il a apprécié l'air frais. Il a même goûté de l'herbe japonaise, qui était plutôt bonne, et a bu quelques gorgées à des fontaines.

La chambre est petite, mais il y a tout ce dont il a besoin, et elle est exceptionnellement propre et bien équipée. Sur sa table de nuit se trouvait une lampe dont le pied avait la forme d'un hibou. Il l'alluma et l'éteignit en remarquant que les yeux s'illuminaient. Il prit une douche, changea de nœud papillon, puis se rendit au café où il devait rencontrer le père d'Haruto.

Son téléphone sonne, c'est encore un message d'E-Z.

"Comment va le Japon ?"

"Joli", répondit-il en utilisant son bec pour taper. "J'ai rencontré Haruto et sa grand-mère. Ils parlent anglais. Il est très timide, mais il connaissait Rosalie. Il était très jeune, peut-être quatre ou cinq ans. Ça risque d'être difficile de convaincre sa famille de le laisser venir en Amérique du Nord."

"Rosalie savait qu'il avait des pouvoirs, mais oui, il est plus jeune que je ne le pensais", dit E-Z. "C'est bien qu'ils parlent anglais. Où êtes-vous maintenant ?"

"Je vais dans un café pour rencontrer le père d'Haruto. Au fait, je ne pense pas que Rosalie ait eu le temps de mettre à jour ou de compléter ses notes sur Haruto. Elle a parlé de lui comme d'un bébé."

"Je ne sais pas si nous devons nous inquiéter à ce stade, mais j'ai lu sur Internet que les Furies peuvent prendre n'importe quelle forme. Je partage juste l'info. Comme nous ne pouvons pas les reconnaître, si elles découvrent notre existence, nous devrons être prudents."

Alfred a envoyé un emoji "pouce levé".

"Je dois y aller", dit E-Z.

CHAPITRE TROIS

MAUVAIS RÊVES

E-Z ÉTAIT ENDORMI ET éveillé. C'est-à-dire qu'il voyait le plafond au-dessus de son lit, sentait le matelas qui lui soutenait le dos. Et pourtant, dans sa tête, trois banshees hurlaient :

"Dites-nous où vous êtes !"

"Dites-nous !

"Dites-nous MAINTENANT !

"Noooooooooooooo !", a-t-il crié.

Au-dessus de sa tête, au plafond, il y avait un miroir. Mais la personne qui s'y reflétait n'était pas lui-même. C'était son oncle Sam. Et dans le reflet, son oncle Sam hurlait et se tordait de douleur.

"L'oncle Sam est dans notre tanière", s'écrie la première sorcière.

"Et il ne sortira plus jamais !" disent les deux autres à l'unisson.

Puis les trois se mirent à rire comme il ne l'avait jamais entendu auparavant. Les sons étaient semblables à ceux d'une hyène, gutturaux, animaliers.

"Les méchantes sorcières ont exigé que l'on parle, et elles ont poussé l'oncle Sam comme s'il s'agissait d'un morceau de viande que l'on préparait avant de le mettre au four.

"E-Z", dit l'oncle Sam, la voix tremblante, comme si son corps était dans son reflet. "Quoi qu'ils veuillent, ne leur donne pas. Peu importe ce qu'ils me font, ne cède pas."

"Si vous lui faites du mal", dit E-Z, "je vais, je vais..."

"Dites-nous où vous êtes, où ils sont tous, et nous le laisserons partir", chantent-ils ensemble d'une voix qui n'aurait pas dépareillé dans l'Hadès.

"Tout ce dont nous avons besoin, c'est d'un ou deux indices", a déclaré le second.

"Dites-nous qui est qui", dit le premier.

"Ou nous nous débarrasserons de vous savez qui", a déclaré le troisième.

Puis ils ont ri. Leurs voix dans sa tête lui faisaient si mal. Mais il ne faisait que rêver. Il devait se réveiller - MAINTENANT.

"Ahhhhhhhhhhhhhhhhhhhhhhhhhh ! s'écrie l'oncle Sam.

Plus de rires.

E-Z se réveille et réalise rapidement qu'il est en Australie avec Lachie, et non chez lui dans son propre lit. Il vérifie son téléphone, mais il n'a qu'une seule barre. Il a continué à vérifier jusqu'à ce qu'il ait assez de barres pour appeler l'oncle Sam. Pour s'assurer qu'il allait bien. Que ce n'était qu'un cauchemar et rien d'autre.

En bas de la cabane, il entendait Lachie se déplacer. Probablement en train de préparer le petit déjeuner. C'était bien de voir la vie du jeune homme. Comment il s'était reconstruit après tout ce qu'il avait vécu. Les humains sont tout à fait remarquables.

Ce que Lachie était en train de préparer sentait bon, et sa première envie était de se rendre sur place et de lui raconter son cauchemar. Mais quelque chose au fond de lui lui disait de garder cela pour lui - pour l'instant. Après tout, les Furies ne pouvaient pas savoir où il vivait. Où elles vivaient toutes. Il vérifia à nouveau les barres de son téléphone - cette fois-ci, même pas une barre. Il le rangea dans sa poche et s'envola.

"Tu as bien dormi ? demanda Lachie en versant dans un bol le liquide contenu dans une marmite posée sur le feu.

E-Z l'accepte. "J'ai fait un rêve bizarre, mais sinon, oui. C'est bien là-haut. Merci d'avoir été si accommodant."

"Ne vous inquiétez pas. Il y a beaucoup d'esprits ici. Et des sons qui ne vous sont pas familiers. Si vous voulez parler de votre rêve, n'hésitez pas", dit Lachie.

"Peut-être plus tard".

"D'accord, allez-y et creusez. J'espère que vous aimez les champignons."

"J'adore", dit E-Z en avalant une grande quantité de soupe chaude et fumante. "C'est très bon.

"Oh, attendez une minute, j'ai oublié le clapet - c'est du pain". Il ouvre une feuille d'aluminium qui se trouve au centre du foyer et la déchire en quatre, donnant à E-Z la première partie.

"C'est le meilleur pain que j'aie jamais goûté ! Comment as-tu appris à cuisiner comme ça ?"

"C'est la population locale qui me l'a appris. Je suis content que ça vous plaise."

Ils s'assirent tranquillement, tandis que le soleil leur souriait depuis le ciel. E-Z essayait de ne pas penser à son cauchemar. Il sortit son téléphone de sa poche et vérifia à nouveau les barres. À peine une. Il aimait la technologie - quand elle fonctionnait.

"Maintenant que votre ventre est plein, parlons de la raison pour laquelle vous êtes ici", dit Lachie. "Et surtout, comment je peux vous aider."

E-Z n'a pas parlé, il a jeté un nouveau coup d'œil à son téléphone, le cœur plein d'espoir. Lachie n'avait pas l'air de s'en préoccuper, puisqu'il était en train de déchirer un autre morceau d'amortisseur. Finalement, il se ressaisit et se concentra sur le sujet.

"Désolé, mes pensées étaient à des millions de kilomètres".

"Ce n'est pas un problème. Voulez-vous plus d'humidité ?"

"Non, ça va. Alors, j'aimerais d'abord savoir ce que Rosalie vous a dit sur nous trois. Je veux dire, Alfred, Lia et moi."

"Oui, elle m'a parlé de vous trois. C'était comme si elle était là, avec moi, à me raconter une histoire pour m'endormir. Plus elle en disait, plus j'avais envie de vous rencontrer, de vous aider."

"Je suis heureux d'apprendre que vous souhaitez nous aider. Mais laissez-moi vous expliquer les détails avant de vous engager. La route ne sera facile pour aucun d'entre nous."

"Je n'ai pas peur des défis", dit Lachie. "Que t'a dit Rosalie à mon sujet ?"

"Pour être honnête, elle ne m'a pas dit grand-chose, mais j'ai lu des choses sur vous en ligne. Avez-vous jamais compris ce qui est arrivé à vos parents ?"

"Non, et je ne veux pas. Je suis heureuse ici, je me suffis à moi-même. Je n'ai besoin de personne."

"Tout le monde a besoin d'amis", dit E-Z.

"Peut-être".

"Rosalie t'a-t-elle parlé des Furies ?"

"Non, mais elle m'a dit que tu ferais appel à moi un jour, quand tu aurais besoin de mon aide pour combattre le mal. Et elle a mentionné les Furies, dont j'avais déjà entendu parler."

"Vraiment ? Qu'avez-vous entendu ?" demande E-Z.

"Les autochtones, dont j'apprends quelque chose de nouveau à chaque fois que je suis avec eux, savent tout sur les Furies. Ils ont pris pour cible les originaux, essayant de les punir et de les chasser de leurs terres."

"Lachie s'est levé, a versé de l'eau sur le feu et s'est assuré qu'il était complètement éteint.

"Pour ma part, je pense que le mal doit exister pour que le bien survive, mais il doit y avoir une sorte de code, et ils ne suivent pas de code. Tout ce qu'ils font, c'est pour se préserver et ce n'est pas une façon de vivre."

"Ce sont des paroles sages, pour un enfant de ton âge", dit E-Z. Après avoir dit cela, il se sentit un peu gêné, comme s'il essayait trop fort d'être sage, étant le plus âgé des deux. "Je pense que tu as sept ou huit ans, n'est-ce pas ?

"Je pense que oui, mais je ne suis pas sûr de mon âge réel. Quand ils m'ont trouvé, ils n'ont trouvé aucun document pour le prouver. Je suppose que lorsque ma voix commencera à changer, j'en aurai une meilleure idée." Il rit.

"En attendant, tu peux choisir ton âge", propose E-Z.

"Comme si j'avais choisi mon propre nom", dit Lachie. "Quoi qu'il en soit, si vous avez besoin de moi, je suis partant".

"Ce qui se passe avec les Furies, c'est qu'elles utilisent Internet. Vous connaissez Internet, n'est-ce pas ?"

"Je le fais. Il y a le wi-fi à la bibliothèque. J'adore lire. La mythologie, c'est plutôt cool. La science-fiction aussi."

"Les Furies utilisent des jeux multijoueurs en ligne pour piéger les enfants. La plupart des enfants jouent à des jeux, moi y compris", explique E-Z.

"Les jeux font perdre du temps", a déclaré Lachie. "C'est ce que les enseignants indigènes m'ont appris. La vie est trop courte pour la gâcher avec des distractions sans but".

Mais tout le monde aime les jeux", dit E-Z. "Je pourrais vous donner des chiffres mondiaux, mais l'essentiel est que les Furies profitent de ce phénomène. "Je pourrais vous donner des chiffres mondiaux, mais l'essentiel est que les Furies profitent de ce phénomène. C'est comme si chaque enfant qui joue leur donnait accès à leur cœur et à leur esprit."

"Comment cela ?"

"Pour progresser dans le jeu, vous devez accomplir une liste de tâches. C'est le seul moyen d'avancer dans le jeu. Si vous ne faisiez pas ce qu'on vous demande, le jeu n'aurait aucun intérêt. Et pourtant, ce que l'on vous demande de faire est souvent contraire à la loi dans la vie réelle".

"Contre la loi ! Comme quoi ?" demande Lachie.

"Comme tuer".

Lachie secoue la tête.

"C'est un jeu, alors on fait ce qu'il faut pour atteindre le niveau suivant.

"Ok, je crois que j'ai compris. Le mandat des Furies était de punir ceux qui commettaient des crimes et restaient impunis. Elles détournent ce mandat pour blesser des enfants qui jouent à un jeu imaginaire."

"C'est exact, Lachie. Exactement. Et quand les enfants meurent, ils volent leurs âmes."

"Pour quoi faire ?"

"Avez-vous déjà entendu parler des attrapeurs d'âmes ?"

"Non, dit Lachie.

"Lorsque vous mourez, votre âme a un lieu de repos éternel. C'est ce qu'on appelle un attrapeur d'âmes. Mais ces enfants ne sont pas censés mourir quand les Furies les prennent, donc il n'y a pas d'attrape-âmes qui les attende."

"Comment sais-tu tout cela ? demande Lachie.

"Les archanges ne m'ont pas seulement dit, ils m'ont montré. J'ai été plusieurs fois dans mon attrapeur d'âmes. Ils m'y ont convoquée. Je ne savais même pas comment ça s'appelait avant que tout cela n'arrive. Ce n'est pas quelque chose dont les humains sont censés se préoccuper. La plupart d'entre eux pensent qu'ils iront au paradis ou en enfer."

"Si votre attrapeur d'âme était prêt, et que vous n'êtes qu'un enfant, pourquoi le leur ne l'est-il pas ?"

"Bonne question. Je n'y avais pas pensé avant. Je suppose que j'ai supposé que j'étais une circonstance spéciale", a déclaré E-Z. "Mais je sais que les archanges ont foiré quelque chose. Quelque chose dont ils ne veulent pas parler. C'est peut-être pour ça qu'ils ont besoin de notre aide, pour réparer ce truc."

"Mais comment font-ils ? C'est ce que je ne comprends pas."

"Ils ont contourné les règles dans l'espoir de prendre le contrôle de tous les capteurs d'âmes. Lorsque nous mourons, nos âmes sont censées aller dans celui qui nous attend à notre mort. Ils ne sont pas censés être transférables. S'ils les contrôlent tous, toutes les âmes n'auront nulle part où aller. Cela plongera l'au-delà dans le chaos. Alors, maintenant que vous avez tout entendu, vous êtes toujours partants ?"

"Oui, sans aucun doute. D'ailleurs, il n'y a rien de mieux à faire ici. Je devrais être une aventure intéressante."

"Pour être honnête à cent pour cent, dit E-Z, ce ne sera pas facile. Et tu mettras ta vie en jeu avec le reste d'entre nous. Mais nous nous soutiendrons les uns les autres.

"Nous allons gagner !

"J'espère bien, mais d'abord, il faut trouver un moyen de s'y rendre. L'oncle Sam a mis des billets d'avion en attente pour nous. Nous devons aller les chercher à l'aéroport international le plus proche. Il les a réservés."

"Pas besoin !" dit Lachie. "J'ai mon propre moyen de transport. Il mit ses deux doigts dans sa bouche et siffla.

Pendant quelques minutes, rien ne se passe.

" R - - - R - - - R - - -
**RRRRRRRRRRRRRRRRRRRRRRRRRRRRRRRRRRRRRRRRRRR-
RRRRRRRRRRRRR.**" Qu'est-ce que c'était ? demande
E-Z.

Lachie resta immobile tandis que les arbres se
déplaçaient et bougeaient dans un murmure.

Ensuite, E-Z a entendu des battements d'ailes.
D'après ce qu'il entendait, ce qui arrivait avait des ailes
gigantesques.

Puis la créature a percé le feuillage de l'arbre. Elle
n'aurait pas dépareillé dans un des films de Harry
Potter.

"C'est un dragon ? demande E-Z.

"C'est un Aussiedraco", dit Lachie. "On l'appelle
aussi ptérosaure, donc il est d'ici." Il dit au dragon :
"Bonjour, mon pote" et s'en va le saluer. L'énorme
créature écailleuse baisse la tête. Lachie le caresse,
puis saute sur son dos.

"Allez E-Z, qu'est-ce que tu attends ?"

"Euh, j'ai mon propre moyen de transport."

Lachie rejette la tête en arrière et rit.

"HAR-HAR-R-R-R-R-R !"

la créature s'y est jointe.

"Il s'appelle Baby", dit Lachie. "Montez, car Baby veut
vous emmener faire un tour, et ce que Baby veut, Baby
l'obtient".

"Mais ma chaise !"

Baby tendit son long cou et souleva E-Z. Sans chaise,
il le jeta sur le dos. Sans chaise, il le jette sur son dos.

E-Z s'agrippe à Lachie tandis que Baby saute dans les airs.

"Attention aux arbres ! s'écrie E-Z.

Lachie et Baby ont ri.

Ils s'envolent alors sur des kilomètres et des kilomètres de sable rouge.

Très vite, E-Z n'a plus peur.

Ils ont survolé plusieurs formations rocheuses, dont l'une ressemblait à Homer Simpson allongé. Ensuite, ils ont vu Uluru, l'énorme monolithe rouge.

Ils ont passé toute la journée à survoler l'Australie et à en admirer les paysages.

"Il vaut mieux rentrer", dit Lachie. "Nous avons besoin d'une bonne nuit de sommeil avant de partir pour l'Amérique du Nord et de rencontrer le reste de l'équipe.

"C'est un bon plan", dit E-Z, qui apprécie de plus en plus le vol et souhaite qu'il ne s'arrête jamais. Il ne tomberait pas, il avait des ailes s'il en avait besoin, mais il était certain d'une chose : voler sur Baby, c'était la vie.

Il se demandait seulement où il allait la garder lorsqu'ils seraient de retour à la maison. Le dragon était trop grand pour entrer dans le garage. Il réglerait ce problème en traversant le pont. Peut-être que si lui et la Petite Dorrit devenaient amis, ils pourraient dormir ensemble ?

"Ne t'inquiète pas pour moi", dit Baby.

E-Z a fait une double prise.

"Euh, oui, je peux lire dans les pensées. Pas tout le temps et pas chez tout le monde", dit Baby. "Je me débrouillerai toute seule pour dormir. Quant à la Petite Dorrit, les licornes et les dragons n'ont pas l'habitude de s'entendre, mais je suis prête à tenter l'expérience.

Baby les a déposés et s'est envolé dans la nuit.

E-Z se souvient de l'oncle Sam, mais il est trop fatigué pour faire quoi que ce soit. Il l'appellera demain matin. Bien sûr, tout se passera bien.

CHAPITRE QUATRE

DEPART D'OZ

E LENDEMAIN MATIN, ALORS qu'E-Z et Lachie se préparent à partir en voyage, ils discutent et apprennent à mieux se connaître.

"Je dois recharger mon téléphone et appeler mon oncle Sam. J'aimerais m'arrêter pour faire les deux avant de quitter l'Australie."

"Pas de problème, j'aimerais aussi faire quelques achats. Nous pouvons tout faire en même temps. Je vais faire les courses, tu peux recharger ton téléphone et appeler ton oncle. Il y a quelque chose que je dois savoir ?"

"C'est juste un rêve étrange que j'ai fait. Ça me donne envie d'aller le voir pour ne pas m'inquiéter inutilement."

"D'accord", dit Lachie en rangeant quelques ustensiles de cuisine pour qu'ils soient en sécurité jusqu'à son retour. "Cet endroit va me manquer".

"Je sais, et tes amis aussi, mais tu en feras de nouveaux, et tout le monde te fera sentir comme chez toi. De plus, tu seras de retour avant même de t'en rendre compte."

"C'est ce qui m'inquiète. Et si je ne voulais pas revenir ? Et si je m'habituais à la présence des gens ? D'être gâté par les commodités ?" Il marqua une pause, tandis que deux pies se posaient, une sur chacune de ses épaules. Les oiseaux lui picorèrent légèrement les oreilles, comme s'ils lui chuchotaient quelque chose. Lachie sourit et ils s'envolèrent.

"Qu'ont-ils dit ? demande E-Z.

"Euh, rien du tout. Ils m'ont juste dit qu'ils m'aimaient et que j'allais leur manquer." Un corbeau descendit et se posa sur son épaule. "Voici mon compagnon Erroll."

"Enchanté de vous rencontrer Erroll", dit E-Z. "Euh, comment êtes-vous devenus amis tous les deux ?"

Lachie rit. "C'est drôle que tu demandes ça. Les Errol existent depuis très longtemps. En fait, son grand-père a été plusieurs fois l'animal de compagnie de quelqu'un qui pourrait être votre parent éloigné. Enfin, si vous êtes de la famille de Charles Dickens ?"

E-Z se penche et acquiesce. Lachie avait définitivement toute son attention maintenant.

"Charles Dickens avait un corbeau domestique qui s'appelait Grip. Selon les histoires racontées au fil des ans, c'est Grip qui a inspiré à Edgar Allan Poe son plus célèbre poème, Le Corbeau".

"Wow, c'est trop cool !" s'exclame E-Z.

"Les oiseaux sont très intelligents. Tout comme les anciens autochtones qui m'ont pris sous leur aile lorsque je suis arrivé dans l'Outback. Ils m'ont appris à lire et à écrire, à préparer la nourriture. Ils m'ont également appris à reconnaître et à éviter la flore et la faune toxiques.

"J'apprends chaque jour quelque chose des créatures que je rencontre et avec lesquelles je parle. Ils disent qu'autrefois, tout le monde pouvait parler aux animaux - pas seulement moi - mais que quelque chose a changé. Ils pensent que cela s'est produit dans notre cerveau, mais ce qui est arrivé à tout le monde ne m'est pas arrivé.

"Comment ont-ils su que tu étais différent ?"

"Ils disent qu'ils ont entendu parler de moi, quand je suis né et quand je suis devenu le garçon dans la boîte. Avant même ma naissance, des rumeurs circulaient en chuchotant autour du monde à mon sujet. Ils m'attendaient, c'est ce qu'ils m'ont dit pendant longtemps."

"Combien de temps ? demande E-Z.

th"Je ne veux pas avoir l'air de me prendre la tête, mais on dit que Mozart connaissait mon existence - il avait un étourneau de compagnie et vivait au 17e siècle. C'est plus récent. Avant lui, on peut remonter jusqu'à Virgile, en 70 avant J.-C. Saviez-vous qu'il avait une mouche pour animal de compagnie ?

"Vraiment ? Une mouche - un animal de compagnie ?"

"J'ai parlé à une mouche des buissons qui était apparentée à Virgile - son nom était Léonard, ou Léo, et il m'a confirmé tout ce que j'ai dit. Lachie ramasse un pot et le cache dans les buissons, avec d'autres objets. "J'ai aussi discuté avec un parent du perroquet d'Andrew Jackson. L'oiseau de Jackson s'appelait Pol - c'était un cadeau pour sa femme - et était un mâle, mais comme sa parente était une femelle, elle s'appelait Polly. Elle avait un drôle de sens de l'humour !

"On dirait bien. J'espère que nous pourrons parler davantage, mais je dois vous poser des questions sur vos pouvoirs spéciaux - et nous devrions bientôt nous mettre en route, à condition que vous ayez tout rangé en toute sécurité."

Lachie acquiesce : "Bien sûr. Presque prêt. Il faut juste que je mette quelques petites choses de côté. En attendant, pourquoi ne pas commencer par me parler de vous ?"

"Vous nous avez déjà vus, moi et ma chaise, en action - oui, nous pouvons voler. Ma chaise a des pouvoirs spéciaux, elle peut non seulement voler mais aussi capturer des criminels et elle a le goût du sang.

Nous faisons la paire, ma chaise et moi, comme Batman et sa Batmobile".

"Cool !" dit Lachie. "Mais c'est un peu bizarre cette histoire de sang".

"Ne pas gaspiller, ne pas vouloir, je ne sais pas qui a dit cela mais ma chaise semble être d'accord. Au lieu de le laisser s'écouler dans le sol, il l'absorbe.

"Notre premier sauvetage a été celui d'une petite fille que nous avons empêchée d'être renversée par un véhicule. Ensuite, nous avons sauvé un avion rempli de passagers. Je ne veux pas me vanter, mais je suis sûr que vous avez compris l'essentiel. En aidant les autres, j'ai découvert que j'étais très forte et que mon fauteuil l'était aussi. Oh, et nous sommes à l'épreuve des balles".

"Vous voulez dire que des gens vous ont tiré dessus ?"

"Oui, nous avons eu quelques situations impliquant des armes à feu. Maintenant, c'est ton tour."

Mon pouvoir le plus étonnant, vous l'avez déjà vu, c'est que je peux parler à n'importe quelle créature, n'importe laquelle. En fait, hier, quand vous pensiez parler à Bébé, c'était un peu le cas, mais si je n'étais pas là, elle parlerait comme un charabia. Elle communique avec vous, à travers moi. Je suis comme un réseau, un réseau de sécurité. Je peux le fermer ou l'ouvrir selon ce que je décide.

"Lorsque j'étais dans cette cage, les animaux avaient l'habitude de s'asseoir à l'extérieur et de bavarder.

Parfois, je pensais qu'ils communiquaient avec moi, mais ensuite, je me disais que j'étais peut-être en train de devenir fou. Une fois, un cafard a volé à travers les barreaux de ma cage et m'a dit qu'il pouvait m'aider à sortir, si je le voulais.

"Beurk, je déteste les cafards. Mais je n'ai jamais entendu parler de cafards volants."

"Ils sont en fait assez intelligents et ont un instinct de survie extraordinaire - je veux dire qu'ils mangeraient n'importe quoi.

"Dommage qu'ils n'aient pas mangé ceux qui t'ont mis dans cette boîte." E-Z réfléchit un instant. "Pourquoi ne l'as-tu pas laissé essayer de te sauver ? Tu n'avais rien à perdre."

"Quel est le vieil adage qui dit qu'il vaut mieux connaître le diable ?"

"J'ai compris, donc vous n'avez pas eu peur des gens qui vous tenaient ?"

"Ce n'était pas vraiment une boîte, c'était une cage. Mais ça sonne mieux si on l'appelle une boîte. D'ailleurs, ils ne m'ont jamais fait de mal. Ils me donnaient à manger et à boire. Ils remplaçaient le journal. Et je n'ai jamais vu qui ils étaient puisqu'ils portaient des masques."

"Je ne comprends pas pourquoi ils t'ont gardé là en premier lieu."

"Je ne pense pas que je le saurai jamais. Et je n'ai pas traîné pour obtenir des réponses une fois qu'ils m'ont laissé sortir."

"Comment ça s'est passé ?"

"Ils m'ont aménagé une chambre dans la même maison. Ils ont envoyé une gentille dame pour s'occuper de moi. Je ne suis jamais sortie de la maison. C'était trop effrayant pour moi."

"Avez-vous pu parler ? Je veux dire, si tu as été en cage pour toujours, est-ce que tu as des souvenirs d'avant ? De tes parents ?"

"Je n'aime pas en parler. Le passé est le passé. Je ne peux pas le changer. Je regarde toujours vers l'avant. Mais je ne suis pas née dans une cage. Parfois, je crois me souvenir d'être allée à l'école. Mais c'était peut-être un rêve. Certains jours, il est difficile de faire la différence entre les deux.

E-Z se rappelle d'appeler l'oncle Sam.

"Alors, comment avez-vous fini ici, à vivre avec des animaux et à être autonome à cent pour cent ? Je suppose que les gens ne vous manquent pas ?"

"On ne peut pas rater ce dont on ne se souvient pas. En ce qui concerne les animaux, je ne les ai pas choisis, ce sont eux qui m'ont choisi. Ils sont venus à la maison, comme s'ils savaient que je n'étais plus en cage et qu'ils attendaient que je sorte. Ils savaient déjà que je pouvais leur parler, les comprendre - mais je ne savais pas que je pouvais le faire, jusqu'à ce que j'essaie. Un monde entier s'est alors ouvert à moi et je devais en faire partie. Je n'étais plus seule. C'est alors qu'ils m'ont proposé de m'emmener et de me mettre en sécurité. Maintenant, vous êtes au courant de l'histoire de Lachie".

"C'est une histoire étonnante. Donc, parler aux animaux. Vous avez découvert autre chose ?"

"Eh bien, oui. Mais c'est assez nouveau."

"Racontez-moi."

"Il vaut mieux que je vous montre".

"D'accord", dit E-Z.

Il regarda Lachie se lever et se diriger vers un eucalyptus tout proche. Il resta une seconde à côté de l'arbre, puis s'avança jusqu'à ce qu'il se tienne devant l'épais tronc usé par le temps. Puis il disparut.

"Qu'est-ce que c'est ?"

Lachie se déplace de l'autre côté de l'arbre, puis revient contre le tronc.

"Oh, vous êtes donc invisible ?"

"Non, regarde de plus près. Il s'est éloigné de l'arbre. "Continue à regarder mes yeux."

E-Z l'a fait, et il pouvait voir les yeux de Lachie dans le tronc d'arbre, mais il ne pouvait pas voir Lachie. "Attendez une minute", dit E-Z. "J'ai compris. C'est du camouflage - tu es un caméléon. Wow !"

Lachie rit, puis retourne s'asseoir.

"Comment l'avez-vous découvert ? C'est un pouvoir vraiment cool. Tu peux te fondre dans la masse pratiquement n'importe où et personne ne le saura jamais !"

"Après avoir vécu avec les créatures pendant un certain temps, sans voir d'humains, un jour, un groupe de randonneurs est passé par là. J'ai couru pour grimper à un arbre et me cacher, mais je n'ai pas eu le temps. Ils sont passés à côté de moi, comme si je n'existais pas. Je n'arrivais pas à comprendre. Un oiseau s'est posé sur mon épaule et un serpent a rampé le long de ma jambe. Ils pouvaient me voir, mais pas les humains. C'est alors que j'ai su que j'étais un caméléon".

"Qu'est-ce que ça fait ? Je veux dire quand tu passes en mode camouflage ?"

"Je n'ai pas l'impression que les choses soient différentes. Cela arrive, c'est tout".

"C'est bien. Voulez-vous en savoir plus sur le reste de l'équipe et sur les compétences qu'ils apportent à la table ?"

Lachie acquiesce.

"Vous aimerez Lia. Elle est voyante. Ses yeux sont dans ses mains et elle peut voir le présent, dans l'esprit de certaines personnes et elle peut entrevoir l'avenir, ce qui va se passer parfois. Cette partie de son pouvoir semble s'accroître. Bien sûr, il y a aussi la question de l'âge. Quand nous nous sommes rencontrés, elle avait sept ans et elle en a douze maintenant".

"C'est vraiment cool", dit Lachie. "Et j'ai entendu dire que sa mère et ton oncle Sam sont..."

"Ça vous dérange si on y va. Le simple fait d'entendre le nom de Sam fait remonter mon anxiété."

"Pas de souci", dit Lachie. Il a sifflé et Baby est arrivé. Ils se sont envolés vers la ville la plus proche, où Lachie a pris quelques affaires, E-Z a branché son téléphone sur le chargeur et lorsqu'il a été suffisamment chargé, il a immédiatement appelé le numéro de Sam.

Il n'y a pas eu de réponse, l'appel est tombé directement sur la boîte vocale de Sam. Il a essayé de joindre Samantha qui a répondu immédiatement. "Bonjour, c'est E-Z, est-ce que l'oncle Sam est disponible ?

"Bien sûr E-Z, juste une seconde." Quelques chuchotements. "Bonjour, mon petit", dit Sam. "Où es-tu maintenant, tu survoles l'océan ?"

"Je vérifie juste que tout va bien pour vous", dit E-Z. "Si oui, dites le mot de passe".

"Bob l'éponge", a dit l'oncle Sam.

"Oh, Dieu merci", dit E-Z. "J'ai fait un rêve bizarre où les Furies t'avaient pris". "J'ai fait un rêve bizarre dans lequel les Furies te tenaient."

"Ah, nous recevons des amis et nous nous apprêtons à nous asseoir et à plonger des aliments dans les fondues. Nous avons du chocolat avec des fruits, du fromage avec des légumes et du fromage avec du pain et de la viande. Il y a beaucoup de choix et nous avons plusieurs sortes de vin. Les jumeaux sont déjà couchés pour la nuit".

"Euh, ça a l'air..."

"Je dois y aller E-Z, à bientôt. Soyez prudents."

"Mon oncle va bien, et ils organisent une fondue - ça a l'air d'être une fête.

"C'est quoi une fondue ? demande Lachie.

"C'est une marmite dans laquelle on fait fondre des choses et dans laquelle on plonge d'autres choses. Comme plonger des fraises dans du chocolat et des morceaux de pain dans du fromage. Et tu as raison, ils sont mariés maintenant, et ils ont eu des jumeaux récemment, donc la maison est assez remplie et bruyante."

"Ooh, ça a l'air délicieux", dit Lachie.

Le téléphone d'E-Z chargé à bloc, les provisions de Lachie bien rangées sur le dos de Baby, les deux hommes s'envolent pour l'Australie. Ils discutent en chemin. Après avoir passé des heures sans rien voir d'intéressant et l'estomac gonflé, ils se sont préparés à atterrir pour manger et aller aux toilettes.

"De toute façon, nous devrons bientôt atterrir pour déjeuner - d'ailleurs, je suis déjà affamée ! Et félicitations au passage !"

"Merci ! On peut s'arrêter à Hawaï pour manger des cheeseburgers et des frites", propose E-Z.

"Je ne savais pas que les Hawaïens se spécialisaient dans les hamburgers et les frites.

"Ils font partie des États-Unis, donc les cheeseburgers et les frites - sans oublier les milk-shakes épais - sont d'excellents aliments traditionnels à essayer et je vous garantis que vous les aimerez.

"Je ne mange pas de viande. Les vaches sont aussi des personnes."

"Ils ont quelque chose de végétarien, ça reste un cheeseburger et tu vas l'adorer. Oh, vous n'avez rien contre le fait de boire du lait de vache, n'est-ce pas ?"

"Non, je ne sais pas."

"D'accord pour la chaise et le bébé, allons au cheeseburger le plus proche qui sert aussi des hamburgers végétariens", propose E-Z, tandis que son estomac se met à gargouiller.

"En avant ! cria Lachlan tandis que Baby cherchait un endroit approprié pour atterrir.

CHAPITRE CINQ

BRANDY

LIA ET SON COMPAGNON de voyage licorne, Little Dorrit, volent à travers les nuages.

Lia apprécie les mouvements gracieux et rapides de son compagnon de vol. Ensemble, ils ont inventé un jeu appelé "Sautez les nuages". Selon le type de nuage, elles sautent par-dessus, par-dessous ou à travers. Le plus amusant, c'est de passer à travers.

"J'adore quand nous sommes à l'intérieur du nuage", dit Lia. "Je tends la main pour le toucher, mais il n'y a rien.

"On dirait que c'est au centre commercial en bas que nous allons", dit la Petite Dorrit avant d'effectuer un triple saut, passant par-dessus, puis par-dessous, puis à travers le même nuage.

"Weeeeeee !" s'exclame Lia.

"Merci, merci", dit la licorne en pointant le doigt vers le bas.

"Du shopping, hein ?" dit Lia en regardant le centre. C'était un grand centre commercial, long de près d'un pâté de maisons. "J'espère que je n'aurai pas besoin de beaucoup d'argent, mais maman m'a donné sa carte de crédit au cas où j'en aurais besoin.

"Brandy se tient dans l'allée de l'épicerie, remplissant un chariot pour passer le temps. Nous ferions mieux de nous dépêcher, sinon sa mère va bientôt la chercher", dit la licorne.

"C'est vraiment cool de pouvoir la localiser comme ça. J'ai hâte de la rencontrer et d'en savoir plus sur ses pouvoirs", dit Lia en entourant le cou de la Petite Dorrit de ses bras pour se préparer à l'atterrissage. "J'ai toujours voulu avoir une grande sœur, c'est peut-être ma seule chance.

"Sifflez quand vous avez besoin de moi", dit la Petite Dorrit, tandis que Lia descend de cheval, "et je vous rejoindrai ici même".

Lia entre dans le centre commercial par les portes battantes. Tout de suite, elle a vu une fille qu'elle espérait être Brandy pousser un chariot dans l'épicerie. D'après la description de Rosalie, il ne pouvait s'agir que d'elle.

La jeune fille est habillée de façon décontractée, avec un sweat à capuche gris. Il était partiellement zippé, mais suffisamment ouvert pour laisser apparaître un t-shirt rouge "I Love Music" qui se trouvait en dessous. Son jean noir avait des décalcomanies de notes de musique sur les poches. Ses chaussures de sport en toile étaient assorties au t-shirt.

Lia observa la jeune fille pendant quelques instants, avant de s'avancer vers elle. Elle se sentait un peu intimidée. Comme si elle rencontrait une célébrité. Dans son esprit, Brandy respirait le style et la fraîcheur.

En s'approchant, Lia s'imagine qu'elles seront bientôt amies. Elles iraient au centre commercial ensemble. Elles achèteraient des vêtements ensemble. Peut-être que Brandy l'aiderait même à choisir de nouveaux vêtements tout ce qu'il y a de plus américains.

"Qu'est-ce que tu regardes comme ça, gamin ?" demanda Brandy d'un ton qui n'avait rien d'amical ou de fraternel. Puis, d'un coup d'un seul, elle repousse les mains de Lia.

"C'est très impoli", s'exclame Lia. "Personne ne t'a appris les bonnes manières ? Elle tourne le dos à la fille froide. Elle retint son souffle, compta jusqu'à dix, puis se retourna pour lui faire face. "Rosalie aurait honte de toi.

"Vous connaissez Rosalie ?"

"Oui, je suis Lia, et je ne peux pas vous voir sans mes yeux, qui sont dans mes mains. Lia leva à nouveau les bras.

"Wow !" s'exclame Brandy. "Je pensais que j'étais bizarre, mais gamine, je veux dire, euh Lia, tu prends le biscuit". Elle enfonce ses mains dans ses poches. "Mais tout ami de Rosalie est un ami à moi."

"Merci", dit Lia. "Y a-t-il un endroit où nous pouvons aller pour parler ?"

"Je ne vois pas ce que nous avons en commun, à part Rosalie", dit l'adolescente en poussant le chariot, laissant Lia derrière elle.

Lia retint un sanglot, mais réussit à sortir les mots : "Nous avons besoin de votre aide parce que Rosalie est morte."

Brandy s'arrêta et prit une profonde inspiration, tandis qu'une larme coulait sur sa joue, qu'elle se retourna et balaya. "Suis-moi, petite". Elle abandonna le chariot avec tous les objets qu'il contenait et elles se dirigèrent vers un stand à l'intérieur du centre commercial et s'assirent.

"Je prendrai un verre d'eau", dit Lia. "Pas de glaçons s'il vous plaît.

"Allez, petit, vis dangereusement. Elle prendra un Root Beer Float - et même deux." Après le départ de la serveuse, "Tu vas adorer, ne t'inquiète pas. Maintenant, explique-moi pourquoi tu es ici et dis-moi ce qui est arrivé à cette gentille Rosalie."

"D'abord, qu'est-ce que Rosalie t'a dit sur moi, sur nous ?"

"Rien. Je savais qui elle était et je savais qu'elle veillait sur moi. J'ai d'abord cru que c'était un ange parce qu'elle pouvait me parler dans ma tête, comme quand je priais quand j'étais petit. Puis j'ai réalisé qu'elle était une personne réelle, tout comme moi, et maintenant elle est morte. J'aimerais aider à trouver ceux qui l'ont tuée - si c'est pour cela que vous êtes ici, alors je suis partant. C'est drôle, je pense que c'est un ange maintenant, qui veille toujours sur moi."

"Moi aussi", dit Lia. "Exactement.

"Alors, comment ça s'est passé ?" demande Brandy. "Si ce n'est pas un sujet insensible à demander. Je trouve toujours qu'il est préférable de parler des bizarreries qui font de nous ce que nous sommes. J'ai mes propres bizarreries, croyez-moi. C'est le cas de tout le monde.

"Ma mère me réprimanderait pour t'avoir posé une question aussi personnelle. Mais j'aime aller droit au but. Avez-vous toujours eu les yeux rivés sur vos mains ? Je pense que vous êtes poursuivi par les journalistes et les photographes, les gens veulent vous parler, entendre et raconter votre histoire pour vendre des magazines et des journaux".

"Oh, dit Lia, la plupart des gens sont plus intéressés par les personnages de fiction célèbres, comme Harry Potter, que par les personnes réelles. Si Harry Potter était réel, les gens l'éviteraient ou se moqueraient de lui. Mais dans son monde, il était le héros, et sa cicatrice faisait partie de son histoire. Elle l'a rendu plus humain à nos yeux, et nous avons pu nous identifier à lui. Mais aucun enfant ne veut se démarquer, car dans ce monde, les différences ne sont pas toujours appréciées.

"Il est amusant de constater que nous pouvons nous identifier à des personnages de fiction et faire preuve d'empathie à leur égard, mais que nous ne reconnaissons pas les vrais héros de notre vie de tous les jours.

"Oh mon frère", dit Brandy, "tu es un peu pénible, n'est-ce pas ? C'est comme parler à un gamin de vingt ans".

"Désolée", dit Lia. "Je suis passée de sept à dix puis à douze ans, en peu de temps. Je n'ai pas eu le temps de m'adapter."

"Ce n'est pas grave, dit Brandy. "Je suis d'accord avec toi sur le principe, mais depuis que la télé-réalité est diffusée, nous nous intéressons à la vie des gens ordinaires. C'est-à-dire des gens ordinaires mais riches comme les Kardashian. Je ne les regarde pas, mais des millions de gens les regardent."

Leurs boissons sont arrivées. Brandy a d'abord mangé la cerise sur le dessus de son verre, puis a demandé à Lia si elle voulait la sienne. Quand Lia a dit non, Brandy l'a enlevée et l'a fait entrer directement dans son gosier. "Prends une gorgée. Si tu l'essaies, tu l'aimeras certainement."

Lia prit une grande gorgée à travers la paille et son visage s'éclaira. "C'est vraiment bon ! Puis elle remua la glace avec la paille en réfléchissant à ce qu'elle allait dire.

"Pour ma part, je suis né avec des yeux qui fonctionnaient bien. Mais un accident m'a rendu aveugle, et quand je me suis réveillé, j'avais ces yeux et j'avais aussi ce qu'on appelle la vue. Je peux voir ce que les gens pensent, c'est comme ça que Rosalie et moi avons commencé à parler. Pour moi, le temps n'est pas le même que pour les autres, mais je n'ai pas sauté d'années depuis un certain temps. De plus, au fur et à mesure que le temps passe, je peux parfois voir ce qui va m'arriver et ce qui va arriver aux autres, tu sais dans le futur."

"Saviez-vous que Rosalie allait mourir avant que cela n'arrive ?"

"Non, je ne l'ai pas fait. Ça va et ça vient. Parfois, il ne fonctionne pas du tout. Ce n'est pas fiable à cent pour cent. Au fait, je ne peux pas lire dans vos pensées, au cas où vous vous poseriez la question."

"Bien. Savoir que tu peux lire dans mes pensées serait vraiment effrayant", dit Brandy en prenant une énorme gorgée qui heurta le fond du récipient et fit un bruit de "c'est tout ce qu'il y a". "J'en voudrais bien une autre, mais je ne le ferai pas", dit-elle. "Il vaut mieux faire preuve de modération, parce que si nous nous offrons des choses - des choses que nous pensons vraiment vouloir tout le temps - nous ne les apprécierons pas autant."

"Très sage", dit Lia. "Tu peux prendre le reste du mien si tu veux.

"Il serait dommage de le laisser se perdre.

Les deux filles sont restées silencieuses pendant un moment jusqu'à ce que le téléphone de Brandy vibre. "Ma mère sera bientôt là pour nous rejoindre".

"Comment a-t-elle su où nous sommes ?"

"Ok, elle a ses méthodes, c'est-à-dire un traceur sur mon téléphone."

"Et ça ne vous dérange pas ?"

Non. J'ai disparu quelques fois, mais je suis toujours revenu au centre commercial. La plupart du temps, quand j'y vais, elle n'en a aucune idée. Jusqu'à ce que je l'appelle et lui demande de venir me chercher ici. C'est généralement son premier indice, mon texte ou mon appel. L'application lui évite de s'inquiéter pour moi. Je suppose que ce n'est pas facile d'avoir une fille qui peut mourir et revenir à la vie".

La mère de Brandy arrive et les présentations sont faites. Elles lui racontent les histoires de Rosalie et de Lia, et la mettent au courant de ce dont elles ont discuté jusqu'à présent.

"Qu'est-ce que vous prépariez toutes les deux ?", demande-t-elle. "Vous avez l'air de vouloir faire quelque chose de mal".

"C'est juste l'excès de sucre", dit Brandy en souriant. "Lia était sur le point de me dire pourquoi ils ont besoin de moi."

"Alors, vous m'avez expliqué votre situation récurrente ?"

"Brièvement. Je n'en étais pas encore là, maman, elle vient juste de me parler de l'accident et de la raison pour laquelle elle a les yeux sur les mains."

La serveuse est venue et la maman de Brandy a commandé un café. Elle est revenue immédiatement avec une tasse qu'elle a remplie. "Les recharges sont gratuites", dit la serveuse. "Il vous suffit de lever votre tasse lorsqu'elle est vide et je viendrai la remplir à nouveau.

"Merci", a dit la maman de Brandy.

"J'aimerais bien en entendre parler", dit Lia en brossant ses cheveux derrière son oreille. Elle aimait la façon dont Brandy et sa mère s'engageaient l'une envers l'autre. Elles étaient très proches l'une de l'autre, cela se voyait à la façon dont elles se touchaient. Leur proximité lui rappelle toutes les fois où sa mère travaillait la nuit et le week-end et où elle devait compter sur Hannah, sa nounou, pour tout. C'était différent maintenant qu'ils étaient ici et que sa mère était mariée à Sam, mais les nouveaux bébés semblaient prendre beaucoup de temps à sa mère.

Brandy s'est empressée de dire : "La première fois que je suis morte, j'étais petite. C'était dans ce même centre commercial. Une minute j'étais morte, la suivante j'étais de nouveau vivante. Comme je vous l'ai déjà dit, je finis toujours par venir ici. C'est dire à quel point j'aime ce centre commercial."

"C'est drôle, dit Lia.

"J'adore faire du shopping !"

"Ça, c'est sûr !" dit la mère de Brandy alors que sa fille rappelle la serveuse et demande un verre d'eau glacée.

"Deux verres d'eau", dit Lia.

Comme elle était déjà là, la serveuse a rempli la tasse de café de la mère de Brandy.

Lia se dit que c'est le moment ou jamais, qu'elle doit aller droit au but. Il se faisait tard et la Petite Dorrit attendait.

"E-Z, notre chef, est en fauteuil roulant et peut sauver des gens, même des avions remplis de passagers. Il a une force et une vitesse extraordinaires, et lui et son fauteuil roulant ont des ailes.

"Alfred est un cygne trompette, il a une perception extrasensorielle et il peut ramener les gens et les créatures à la vie. Avec toi, il y a deux autres enfants que nous allons ajouter au groupe, plus Charles, le cousin d'E-Z - nous serons donc sept en tout".

"Ah, sept chanceux", a dit la mère de Brandy.

Lia poursuit : "Après avoir tout entendu, si tu acceptes de nous aider à combattre les Furies, ta vie sera en danger. Ce sont trois sœurs maléfiques - des déesses - qui ont tué Rosalie".

"Le mal, hein ? Tuer Rosalie était un acte de lâcheté ! Elle n'aurait jamais fait de mal à une mouche !" dit Brandy.

"Cette information est-elle publique ? demande la mère de Brandy. "Cela semble tellement fictif".

"Pourquoi ont-ils fait ça ? demande Brandy. "Qu'est-ce qu'ils obtiennent pour avoir tué une gentille vieille femme comme Rosalie ?"

"Ils utilisent des enfants. Ils les tuent", a déclaré Lia.

Brandy et sa mère ont toutes deux arrêté de boire.

"C'est difficile à expliquer, mais je vais faire de mon mieux. Lorsque nous mourons, nos âmes sont destinées à l'attrapeur d'âmes qui nous attend - notre lieu de repos éternel. Chacun d'entre nous possède son propre capteur d'âme, ce qui fait que nous ne pouvons jamais mourir. Nos âmes continuent à vivre. Ce n'est pas le paradis que nous avions imaginé, mais il est réel, et les Furies tuent des enfants innocents - et les placent dans des capteurs d'âmes qui appartiennent à d'autres personnes.

"En fait, lorsque Rosalie est morte, son âme n'avait nulle part où aller. Heureusement, nos amis Hadz et Reiki - qui se prennent pour des anges - ont réussi à capturer l'âme de Rosalie. Elles la gardent en sécurité jusqu'à ce que nous éliminions les Furies et que nous remettions les choses en ordre avec tous les capteurs d'âmes. Une fois que nous les aurons éliminées, les archanges prendront le relais et répareront le désordre qu'elles ont causé. Tout redeviendra normal."

"Je pensais que les archanges étaient des méchants", dit Brandy. "Comment savons-nous que nous pouvons leur faire confiance ? Et pourquoi voulons-nous les aider ?"

"C'est beaucoup vous demander, mes enfants", a déclaré la mère de Brandy.

"C'est une très longue histoire. Nous pourrons vous la raconter en temps voulu. Mais pour l'instant, nous devons retourner au quartier général. C'est notre maison. Une fois que nous serons tous sous le même toit, nous pourrons tout expliquer et élaborer un plan."

"J'en suis", dit Brandy. "Tu m'as déjà eue quand tu as dit qu'ils avaient tué Rosalie, mais maintenant que je sais qu'ils ont aussi tué des enfants innocents, alors laisse-moi m'occuper d'eux". Elle lève son verre d'eau et trinque avec Lia.

"Attendez", dit la mère de Brandy, "si les archanges ne peuvent pas vaincre cette chose, alors comment peuvent-ils s'attendre à ce que vous, les enfants, puissiez...".

"Maman, Brandy lui tapote la main. "Je ne suis pas comme les autres enfants. On dirait qu'on est une bande d'inadaptés, avec des capacités spéciales et je vais m'intégrer. Ce n'est pas étonnant que les archanges nous demandent de les aider.

"Rosalie nous a réunis pour que nous formions une équipe. Si elle était là, elle serait avec nous dans l'équipe. Maintenant, elle est avec nous en esprit. Ensemble, nous serons une force avec laquelle il faudra compter.

"De plus, nous devons nous assurer que Rosalie retrouve son lieu de repos éternel. Tout arrive pour une raison, n'est-ce pas toujours toi qui me le dis ?"

"Alors, que se passe-t-il ensuite ? demande sa mère.

"Nous avons besoin d'être ensemble et la maison d'E-Z est assez grande pour nous tous. Les autres et Charles Dickens - longue histoire - nous y rejoindront."

"Pas LE Charles Dickens ?"

"Le seul et unique, mais il n'a que dix ans. Il est arrivé et a été découvert par deux détectoristes à Londres, en Angleterre. Il a été renvoyé sur Terre pour une bonne raison. Outre le fait que lui et E-Z sont cousins. Il est l'un des nôtres. Ensemble, nous allons battre ces sœurs et remettre le monde à l'endroit."

"Allons-y !" dit Brandy. "Maman a mis mon sac à dos dans la voiture et il contient tout le nécessaire. J'ai toujours un sac au cas où. Ça m'a été utile plusieurs fois. Je suppose que la maison est équipée d'une machine à laver et d'un sèche-linge ? Oh, et un sèche-cheveux ?"

"Oui, oui et oui", a dit Lia, puis elle a sifflé.

Brandy et sa mère se sont bouché les oreilles. "C'était pour quoi faire ?"

"Viens dehors, je vais te présenter mon amie la petite Dorrit - c'est une licorne - et tu pourras prendre ton sac en même temps. Ils sont sortis et elle a pointé du doigt le ciel, où la licorne était en train d'atterrir.

"Attendez une minute", dit Brandy, "Nous allons traverser le pays sur une licorne ?".

La mère de Brandy fronce les sourcils. Elle s'est sentie faible et ses jambes se sont mises à ressembler à des spaghettis trop cuits.

"Viens la caresser", dit Lia. "Petite Dorrit, voici Brandy et sa maman".

"Sa fourrure est belle et douce", a déclaré la mère de Brandy.

"Voulez-vous que je vous conduise à votre voiture ?" demande la petite Dorrit.

"Non, merci", dit la mère de Brandy. Puis elle s'adresse à sa fille : "Je ne sais pas comment je vais expliquer cela à ton père. Peut-être devriez-vous tous rentrer à la maison avec moi et ensemble nous expliquerons tout cela et nous déciderons si vous pouvez partir..."

"Je dois y aller", dit Brandy. "C'est mon destin. Elle a serré sa mère dans ses bras.

"Cela vous aiderait-il de parler à ma mère ? Lia demande, et sans attendre la réponse, elle compose un numéro abrégé, explique la situation et passe son téléphone à la mère de Brandy qui discute avec Samantha puis lui rend le téléphone.

L'instant d'après, ils volaient tous les trois autour du parking, à la recherche de la voiture, tandis que les gens klaxonnaient, prenaient des photos avec leur téléphone et se heurtaient aux voitures et aux chariots.

"Le voilà", dit la mère de Brandy.

La petite Dorrit a atterri et elle a glissé. "Attendez ici, je vais chercher le sac de ma fille."

Elle revient et le lance à Brandy. "Merci de m'avoir raccompagnée", dit-elle à Little Dorrit. À Brandy, elle dit : "Brandy, téléphone à la maison. Tous les jours. Comme E.T." Elle lui envoie un baiser. Puis à Lia : "Ravie de vous avoir rencontrée."

"Vous aussi", dit Lia, alors que la Petite Dorrit se soulève du sol. "Ne vous inquiétez pas, nous veillerons à la sécurité de votre fille."

La mère de Brandy les a regardés s'envoler, jusqu'à ce qu'elle ne puisse plus les voir. Entre-temps, les curieux avaient tous trouvé quelque chose d'autre à regarder, alors elle est montée dans sa voiture et a pris le chemin de la maison.

Elle a pris le chemin le plus long pour rentrer chez elle. Elle devait réfléchir à la façon dont elle allait expliquer tout cela au père de Brandy.

CHAPITRE SIX

HARUTO

A LFRED ATTEND à L'ENTRÉE du café que le patron, qui attendait un nouveau client, lui ouvre la porte. La grand-mère d'Haruto avait omis de préciser qu'il s'agissait d'un cygne trompette. Quand le patron a vu Alfred, il l'a emmené à une table tout au fond.

Alfred n'avait rien contre le fait d'être à l'écart. En fait, il préférait cela car il y avait un panneau indiquant qu'il n'y avait pas d'animaux domestiques - non pas que les cygnes soient considérés comme des animaux domestiques au Japon ou ailleurs dans le monde qu'il connaissait.

Alors qu'il attendait tranquillement l'arrivée du père d'Haruto, il a utilisé le WI-FI gratuit du café et a découvert des choses très intéressantes sur la culture des cafés au Japon. Comme à Yokohama, il y a des cafés pour les amoureux des chats et un autre pour les hérissons.

Un quart d'heure plus tard, un homme entra dans le café. Alfred sut immédiatement qu'il s'agissait du père d'Haruto, car l'homme s'avança rapidement vers sa table.

Naze watashitachiha daidokoro no chikaku ni iru nodesu ka", a-t-il demandé au propriétaire du café (ce qui signifie : "Pourquoi sommes-nous près de la cuisine ?").

"Kare wa hakuchōdakara !" a dit le propriétaire avant de s'éloigner de la table (ce qui signifie : parce que c'est un cygne !).

Lorsqu'il est revenu quelques minutes plus tard avec un plateau rempli de Bubble Tea, le propriétaire a dit "Mōshiwakearimasen" (ce qui signifie "Je suis désolé").

"Ī nda yo", dit le père d'Haruto en souriant (ce qui signifie : c'est bon).

Le thé d'Alfred était servi dans un bol suffisamment grand pour qu'il puisse y planter son bec. Son thé était glacé - une bonne chose car il ne voulait pas se brûler la langue ou attendre longtemps qu'il refroidisse.

"Domo arigato gozaimasu", dit Alfred (ce qui signifie : merci beaucoup).

"Iie", répond le père de Haruto (ce qui signifie : n'en parle pas).

Ils sont restés assis tranquillement, se regardant l'un l'autre tout en sirotant leurs thés pendant un moment.

"Pourquoi es-tu là ? demanda brusquement le père d'Haruto. "Ma femme a peur que vous vouliez nous enlever notre fils, et vous ne pouvez pas l'avoir. Oui, nous l'avons trouvé, mais nous sommes les seuls parents qu'il ait jamais connus."

"Whoa !" s'exclame Alfred. "Rien ne se passera si vous ne le voulez pas. Au fait, l'anglais de votre fils est excellent", dit Alfred. "Tout comme le vôtre.

"La flatterie ne vous servira à rien ici. Comme je l'ai déjà dit, vous ne pouvez pas avoir mon fils."

"Si Haruto pouvait nous aider à sauver le monde ? Tu dirais toujours non ?"

"Haruto n'est qu'un garçon. Tu es un cygne. Que peuvent faire les garçons et les cygnes que les hommes ne peuvent pas faire ? Tu ne peux pas l'avoir." Il croisa les bras.

"Et si nous ne pouvions pas sauver le monde sans son aide ? Et s'il voulait nous aider ?"

"Haruto ne sait rien de la vie. Il ne peut pas t'aider. Trouve le fils de quelqu'un d'autre, quelqu'un de plus âgé. Quelqu'un qui est né pour sauver le monde. Pas un garçon. Pas mon fils, Haruto. Ni aujourd'hui, ni demain, ni jamais."

"Et si on le laissait décider ? dit Alfred. "Après lui avoir tout expliqué".

"Dites-moi tout maintenant. Et je déciderai ce qu'il doit savoir. Mais d'abord, laissez-moi vous demander ce qui vous fait penser qu'un petit garçon comme mon fils peut vous aider."

"Nous pensons que, comme nous tous, il a des dons, des dons uniques. Il n'est pas comme les autres enfants, n'est-ce pas ? Quand Rosalie a parlé de lui, il était encore un bébé. A-t-il vieilli plus vite que les autres enfants ?"

Le père d'Haruto secoue la tête. "Quand nous l'avons trouvé il y a cinq ans, c'était un bébé. Il a grandi, comme n'importe quel enfant."

"Oh, désolé. Rosalie n'a pas eu le temps de mettre à jour ou de compléter ses notes. Pourtant, ne voulez-vous pas que votre fils soit avec d'autres enfants doués comme lui ? Il serait l'un des nôtres, accepté par nous. Et nous honorerions ses dons et le protégerions."

"Suggérez-vous que je ne peux pas protéger mon propre fils ?"

"Non, Monsieur. Je ne dis pas cela du tout. Je vous dis que nous avons besoin de lui et peut-être, juste peut-être, qu'il a besoin de nous. Un garçon qui est seul ne sera jamais aussi fort qu'un garçon qui fait partie d'une équipe".

"Il est peut-être seul. Peut-être, mais il est jeune, et il s'en sortira." Le père d'Haruto resta silencieux avant de demander : "Quel est ton don et qui est l'ennemi ?"

"J'ai des pouvoirs de guérison, pour les humains et les animaux - surtout pour ces derniers. Je peux lire dans les pensées. Lia peut voir l'avenir. E-Z sauve des vies. Je suis capable de guérir les malades et de lire dans les pensées. Nous avons même un site web de super-héros, que je peux vous montrer si vous voulez en avoir la preuve par vous-même."

"J'ai déjà vu votre site web", dit le père d'Haruto. "Vous êtes connus sous le nom des *Trois*. N'êtes-vous pas assez puissants à trois pour affronter tous les ennemis que vous rencontrez ? Comment un petit garçon comme Haruto peut-il vous aider ? Il se souvient à peine de se brosser les dents."

"Je comprends. J'ai aussi eu un fils quand j'étais humain."

"Vous avez déjà été humain ? Qu'est-il arrivé à votre fils ?"

"Ils sont morts et j'ai été transformé en cygne. C'est une histoire très compliquée. Le plus important, c'est que jusqu'à récemment, nous ne savions pas qu'il y avait d'autres enfants. C'était Rosalie. C'était une femme extraordinaire, capable de communiquer avec les enfants dans son esprit. Elle a parlé avec Lia, Haruto, Brandy et Lachie. Elle a rassemblé tout le monde et en a payé le prix fort. Les Furies l'ont tuée parce qu'elle refusait de leur révéler des informations sur les enfants. Sans Rosalie, nous ne saurions pas que l'autre existe et nous ne serions pas ici à vouloir protéger votre fils, ou à lui demander son aide pour vaincre ces sœurs maléfiques.

"J'ai été envoyé pour parler à Haruto et lui expliquer ce à quoi nous sommes confrontés. Bien sûr, il peut refuser, vous pouvez refuser pour lui, mais sans lui, nous ne pourrons peut-être pas vaincre les déesses maléfiques connues sous le nom de Furies."

Le propriétaire propose du thé. Alfred refusa, mais les mains du père d'Haruto tremblèrent légèrement lorsqu'il souleva son thé fraîchement rempli et en but une gorgée.

"Haruto est-il le plus jeune des enfants ?"

Alfred acquiesce.

"Parlez-moi des deux autres nouvelles recrues."

"Brandy meurt et renaît. Lachie peut parler et être compris par toutes les créatures."

"Cette Brandy renaît à chaque fois en tant qu'elle-même ? demanda le père d'Haruto.

"C'est ce que j'ai compris".

"Quel âge a-t-elle ?

"Je n'en suis pas certain, mais je crois que c'est une adolescente. En quoi cela est-il important ?" demande Alfred.

"Parce que le fait de renaître à plusieurs reprises tout en restant à l'état humain signifie que Brandy est bloquée au stade de l'apprentissage. Par conséquent, elle se débrouillera bien avec les autres qui sont plus avancés qu'elle. Elle apprendra d'eux et cela l'aidera peut-être à atteindre le stade suivant."

Alfred a compris, un peu, mais n'a rien dit.

"Mon fils n'a pas voulu faire avancer la vie de Brandy, donc je ne lui permettrai pas de participer à ce combat. Je suis désolé de vous avoir fait perdre votre temps."

"J'ai fait tout ce chemin, alors qu'est-ce que ça peut me faire de lui parler, en votre présence, celle de votre femme et de votre mère. Donnez-lui le choix. Laissez-le décider. Si cela ne lui convient pas, si vous pensez qu'il est trop jeune ou qu'il n'est pas prêt - nous comprendrons - mais s'il vous plaît, au moins, parlons-en avec lui. Voyons ce qu'il peut comprendre. Qu'il soit celui qui dise non - alors je remonterai dans l'avion et vous ne me reverrez plus jamais".

"Tu es un cygne et tu voles dans un avion ?", s'esclaffe-t-il bruyamment. Les autres clients du café se joignirent à lui, bien qu'ils n'aient aucune idée de la raison de son rire. Ils riaient parce que le rire du père d'Haruto était contagieux.

"Dites-moi ce que votre équipe a l'intention de faire et pourquoi. Ensuite, je déciderai. Si vous arrivez à me convaincre, je vous laisserai peut-être essayer de convaincre Haruto."

"Lorsque nous mourons, nos âmes quittent nos corps et rejoignent leur repos éternel dans ce que l'on appelle un capteur d'âmes. Je sais que c'est différent de ce que nous croyons, mais c'est vrai. Les Furies tuent des enfants - des enfants qui jouent à des jeux vidéo - et mettent ensuite leurs âmes dans des capteurs d'âmes destinés à d'autres âmes. Quand les autres meurent, leurs âmes n'ont nulle part où aller".

Le père d'Haruto est resté silencieux pendant quelques instants.

"S'il le veut, mon fils, Haruto vous aidera. Il te dira quel est son talent. Il te dira ce qu'il veut que tu saches, et il décidera."

"Merci", dit Alfred.

Ils se levèrent, quittèrent le café et se dirigèrent vers la maison d'Haruto. À leur arrivée, le dîner fut servi immédiatement et tout le monde fut mis au courant de la mission.

"Qu'advient-il des autres âmes ? Si elles n'ont nulle part où aller ?" demanda Haruto en posant ses baguettes et en buvant une gorgée d'eau.

"Nous n'en sommes pas certains", répond Alfred. Il jette un coup d'œil au père d'Haruto qui acquiesce. "Mais Rosalie. Vous vous souvenez de Rosalie ?"

"Oui, je l'ai connue et je sais qu'elle est morte", dit Haruto. Il se redressa, "Tu veux dire que son âme n'a pas de maison ? Comment puis-je l'aider à rejoindre sa maison ?"

"Je suis heureux que tu veuilles m'aider, Haruto, dit Alfred. "L'âme de Rosalie est en sécurité entre les mains de deux aspirants anges qui nous ont aidés, nous et E-Z, par le passé. Elle est donc en sécurité pour l'instant.

"Avant d'en dire plus, je suis curieux de savoir quels sont les pouvoirs spéciaux que vous possédez ?"

Haruto se leva, regarda son père qui hocha la tête, puis dit. "Je bouge très vite." Et il se mit à tournoyer, de plus en plus vite, jusqu'à ce qu'il disparaisse.

"Whoa !" dit Alfred. "Tu es comme une version disparue du diable de Tasmanie !"

"Nous ne nous lassons jamais de le voir à l'œuvre", dit sa mère. Elle était restée silencieuse jusqu'à ce commentaire. "Reviens maintenant, mon enfant", dit-elle. "Reviens."

Il arriva de la même façon qu'il avait disparu, sauf qu'ils ne purent le voir virevolter cette fois jusqu'à ce qu'il réapparaisse. "J'ai encore faim ! s'exclama Haruto. Il s'assit, remplit son assiette et mangea goulûment.

"Est-ce que ça te donne toujours faim ?" demande Alfred.

"Toujours", dit Sobo en offrant à son petit-fils un peu plus de nourriture. Il acquiesça, trop occupé à manger pour répondre.

Après qu'Haruto se soit rassasié, Alfred leur expliqua comment E-Z's servirait de quartier général à l'équipe, c'est-à-dire de base. Il hésitait, cherchant les mots justes pour leur parler du danger qui les guettait.

"Laissez-moi vous dire, avant que vous n'acceptiez, que les Furies sont des créatures horribles et maléfiques qui punissent les enfants même s'ils n'ont rien fait de mal. Elles enlèvent la vie à des enfants, pour de mauvaises pensées et non pour de mauvaises actions, et détournent les capteurs d'âmes des autres. Nous devons les arrêter et remettre les choses en place. Et ce sont des déesses extrêmement dangereuses et puissantes".

Le père d'Haruto dit : "Je t'interdis de partir !"

"Mais père, vous m'avez appris que mes actions dans cette vie se poursuivront dans l'autre. Je dois donc dire oui." Il regarde Alfred et lui dit : "Je suis partant !".

"Haruto, en tant que père et mère, nous voulons que tu réussisses, mais nous voulons que tu sois près de nous, pas à l'autre bout du monde avec des étrangers.

Haruto se lève de son siège et passe ses bras autour du cou de sa grand-mère. Ils chuchotent tous les deux en japonais, sans qu'Alfred puisse comprendre.

"Sobo dit qu'elle m'accompagnera, mais elle a peur que son heure soit proche. Si elle meurt et qu'elle n'est pas au Japon, comment son âme retrouvera-t-elle le chemin de la maison ?"

"Nous avons des archanges et des aides archanges qui travaillent avec nous. Ils protègent l'âme de Rosalie et, si quelque chose arrivait à ta grand-mère, je suis certain qu'ils protégeraient aussi son âme. Jusqu'à ce que leurs capteurs d'âmes soient prêts."

"Je suis très fier de toi, dit Sobo, et j'aurai le plaisir de me joindre à toi pendant le vol. Je suis heureux de rencontrer le reste des enfants super-héros. Cette Sobo aura d'autres petits-enfants." Elle serra Haruto dans ses bras.

La mère et le père d'Haruto se sont joints à eux. C'était un câlin familial. Des larmes coulent sur le visage d'Alfred. Un cygne qui pleure est la chose la plus triste au monde.

Au fur et à mesure qu'ils se séparaient, la vaisselle était ramassée et mise à laver. On servit du thé à tout le monde, sauf à Haruto.

"Je vais préparer mon sac", dit-il. "Bonne nuit."

"Je réserverai nos vols et vous informerai des détails", a déclaré Alfred.

Il retourne à l'hôtel et réserve son vol. Puis il envoya tous les détails à Charles Dickens. Il espérait que Charles pourrait les retrouver à l'aéroport d'Heathrow et qu'ils iraient tous ensemble chez E-Z.

Après une journée épuisante, Alfred s'est jeté sur son lit Queen Size. Il froisse les oreillers et regarde la télévision jusqu'à ce qu'il s'endorme.

CHAPITRE SEPT

SUR LA VOIE

AVEC TOUS LES ENFANTS en route vers la maison d'E-Z, il y avait un sentiment d'énergie et d'espoir dans l'air. Cette énergie semblait se répandre d'un bout à l'autre du monde. A tel point qu'elle atteignit les Furies.

Les trois déesses maléfiques dansent autour du feu qu'elles ont créé dans un chaudron à partir des ossements des morts. Une boule de feu à plusieurs têtes s'éleva. Sous leurs yeux, elle se divisa en trois boules de feu.

Les déesses ont rempli les boules de feu d'une énergie accrue, jusqu'à ce que les sphères de colère semblent sur le point d'exploser. Puis elles les envoyèrent sur leur chemin, à la recherche de l'espoir qui vivait dans le cœur de leurs ennemis, pour l'anéantir.

La première boule de feu est partie vers la destination la plus éloignée, alignée pour rencontrer et détruire E-Z, Lachie et Baby. L'objet enflammé se désintégra en cours de route, se brisant à la vitesse pure, jusqu'à ce qu'il ait la taille d'une boule de bowling. Il se dirigea vers le trio sans méfiance contre lequel il avançait.

Ce sont les capteurs du fauteuil roulant d'E-Z qui l'ont alerté du danger imminent grâce à l'amélioration apportée par Hadz et Reiki. Le GPS a détecté un objet inanimé se déplaçant rapidement et se dirigeant droit sur eux.

"Quelque chose vient droit sur nous ! crie E-Z. "Atterrissons et mettons-nous à l'abri."

"Righto", dit Lachie, tandis que le trio s'écroule.

Mais la boule enflammée les suivait, comme si elle avait son propre traceur. Peu importe leur niveau, elle les suivait sans relâche.

Ils s'arrêtèrent, en vol stationnaire, groupés - ne sachant pas s'ils devaient atterrir maintenant ou essayer de déjouer l'engin d'une autre manière. S'ils atterrissaient et que la chose les suivait, elle pourrait tuer ou blesser d'autres personnes. Ils ne voulaient pas mettre quelqu'un d'autre en danger parce qu'il était après eux.

"Qu'est-ce qu'on va faire ?" demande Lachie.

"Toi et Bébé, mettez-vous à l'abri, laissez-moi m'en occuper avec ma chaise."

"Nous ne t'abandonnerons pas ! s'exclame Lachie et Baby acquiesce.

"D'accord, alors, mettez-vous derrière moi", dit E-Z. Il savait que lui et son fauteuil roulant étaient à l'épreuve des balles, mais l'étaient-ils à l'épreuve des boules de feu ? Il allait le découvrir dans 5, 4, 3, 2, 1.

Baby tendit le cou, poussa un rugissement, la gueule ouverte au maximum, et la boule de feu s'y enfonça. Les yeux du dragon s'exorbitent et ses lèvres frémissent tandis qu'il contient la bête de feu en lui. Puis il partit, Lachie s'accrochant à son cou pour survivre, volant très loin, à la recherche d'un endroit où se débarrasser de cette chose qui le brûlait de l'intérieur.

Enfin, ils ont trouvé l'endroit pour le laisser tomber en toute sécurité dans la mer. Bébé ouvrit la bouche et la chose s'envola. Toujours en feu, la chose dérapa sur l'eau, comme si elle était déterminée à rester en vie, mais elle finit par céder et s'éteignit en s'enfonçant dans l'océan.

"Oui ! s'écrie E-Z. "Bravo Bébé !"

Baby et Lachie reviennent aux côtés de E-Z. "Que s'est-il passé ?"

"Baby a été incroyable ! Il a fait tomber la boule de feu dans la mer. Ce n'est plus qu'un rocher de plus."

"Merci Bébé", dit E-Z. "C'était un peu trop près pour le confort".

"Je suis d'accord. Et Bébé mérite une gâterie. Quelque chose de frais pour sa gorge."

"Tout ce que veut Bébé", dit E-Z. "Descendons et faisons une pause avant de continuer".

Lachie a serré le cou de Baby et ils sont allés se débarrasser de leur première et, ils l'espéraient, dernière rencontre avec une boule de feu folle.

"Tu penses que c'était les Furies ?" demande Lachie.

"Je ne pense pas qu'ils soient au courant de notre existence. Je veux dire qu'ils savent que nous existons, mais pas de manière spécifique."

"Cette chose s'est concentrée sur nous. Elle a essayé de nous tuer. Qui d'autre voudrait nous tuer ?"

"Vous avez raison, il est venu directement vers nous. Probablement une coïncidence. J'espère."

"Ne devrions-nous pas prévenir les autres ?"

E-Z regarde son téléphone. Il n'a aucune barre. "Mon équipe peut se débrouiller toute seule et je ne veux pas les effrayer. Espérons que ce ne soit qu'une seule fois."

✳✳✳

LES FURIES ENVOIENT UN deuxième disque enflammé en direction de Yokohama. L'avion d'Alfred et Haruto est déjà sur la piste et se prépare à décoller.

La boule de feu se dirigea vers eux, mais choisit un chemin malheureux : elle passa à côté du robot de 59 pieds qui tendit le bras, l'attrapa et l'écrasa. Les cendres ont brûlé sur la plate-forme en contrebas.

À l'aéroport, l'avion d'Alfred et d'Haruto a décollé sans encombre et les deux hommes n'ont jamais su qu'ils étaient pris pour cible.

✱✱✱

L**A TROISIÈME ET DERNIÈRE** boule enflammée est partie en direction de Phoenix, en Arizona. Elle a volé autour d'elle, cherchant sa cible pendant des heures, mais n'a pas pu la trouver.

La Petite Dorrit est une licorne exceptionnelle, qui dispose d'un bouclier anti-détection toujours prêt à l'emploi. La protection de ses passagers est en effet le rôle clé de la Petite Dorrit.

Après avoir volé sans but, la boule enflammée, au lieu de se briser avec la vitesse, a augmenté de taille, jusqu'à atteindre la taille d'une comète. Puis elle est retournée à ses propriétaires légitimes, les Furies.

L'objet enflammé, qui ne savait pas distinguer un ami d'un ennemi, poursuivit les furies hurlantes dans la Vallée de la Mort pendant des heures. Elles s'enfuirent pour sauver leur vie jusqu'à ce que Tisi conjure un sort.

La boule s'arrêta d'abord en plein vol, et les trois déesses la regardèrent avec satisfaction tomber dans le chaudron et se couvrir de ragoût de champignons.

Alli s'est précipitée vers lui et a refermé le couvercle.

Puis les Furies ont rejeté la tête en arrière et l'ont chahuté, tout en dansant, chantant et riant.

Jusqu'à ce qu'un bruit sec se fasse entendre dans le chaudron. Comme des grains de pop-corn qui chauffent. Les bruits s'amplifièrent à mesure que le couvercle du chaudron se creusait de l'intérieur, et finit par se soulever suffisamment pour que les boules de feu naissantes puissent s'échapper.

Les petites boules de feu, n'ayant nulle part où aller, se concentrent sur les Furies et les poursuivent, tandis qu'elles s'éteignent l'une après l'autre.

Chanteuses, épuisées et agacées, les trois déesses appelèrent Eriel à venir les aider, mais cette fois-ci, il ne répondit pas.

✷✷✷

TANDIS QU'IL VOLAIT SEUL dans le ciel, Lachie et Baby se déplaçant plus lentement en raison des effets secondaires causés à Baby par l'ingestion de la boule de feu, E-Z évaluait son équipe. À plusieurs reprises, il a reçu des messages confirmant qu'ils pensaient aussi à lui.

Lia a envoyé un message confirmant les pouvoirs de Brandy et Alfred a fait de même pour les capacités d'Haruto.

E-Z ne leur a pas rendu la pareille en leur révélant les pouvoirs de Lachie. Au lieu de cela, il voulait faire le point pour voir comment lui et son équipe de sept (y compris Charles) se débrouilleraient face aux trois déesses puissantes, mais maléfiques.

Faisant l'inventaire dans son esprit, il se remémore les atouts de son équipe :

Je peux voler, ma chaise aussi. Nous sommes à l'épreuve des balles et je suis super fort. Je suis un bon leader, je suis intelligent et j'ai beaucoup d'empathie.

Lia est incitative, empathique, gentille, intelligente, et elle peut lire dans les pensées et dans l'avenir.

Alfred est fort, intelligent et, en tant que doyen, sage avec l'âge. Il est empathique, peut parfois lire dans les pensées et peut guérir les malades.

Lachie communique avec les créatures. C'est un solitaire, mais ce n'est pas de sa faute. Il est empathique et intelligent. Il sait comment survivre contre vents et marées et sa capacité de camouflage lui sera utile.

Haruto est le plus jeune, mais c'est un survivant. Il est capable de se rendre invisible.

Brandy est morte - plusieurs fois - et est revenue à la vie. C'est une survivante, c'est certain.

Le dernier, mais non le moindre, est Charles Dickens. Ses capacités sont inconnues. Mais il est intelligent, empathique et capable de s'adapter.

Lorsqu'il avait assez de barres, il utilisait son téléphone pour rechercher des documents historiques en ligne afin de déterminer les capacités que les Furies apporteraient à la table :

Force surhumaine.

Endurance et grande tolérance à la douleur.

Vitalité.

L'agilité d'une araignée.

Résistance aux blessures et pouvoirs de guérison ultrarapides.

Vol.

Métamorphose - prendre la forme d'une autre personne.

Invisibilité.

Ils pouvaient infliger des souffrances à leurs victimes.

Meg pourrait sécréter des parasites. YUCK.

Attendez une minute, il est dit que les Furies représentaient historiquement la justice. Il est dit que dans le passé, elles ne faisaient du mal qu'aux méchants et aux coupables... que les bons et les innocents n'avaient rien à craindre. Alors, qu'est-ce qui a changé ? Pourquoi ont-elles ressenti le besoin de tuer des enfants innocents en utilisant le jeu pour le faire ?

Il poursuivit sa lecture, se demandant comment elles tuaient les enfants. Selon la légende, les Furies ne blessaient jamais physiquement les coupables. Elles utilisaient plutôt la culpabilité pour les rendre fous.

Il repense au garçon qui a essayé de lui tirer dessus. Ils l'avaient convaincu que s'il ne faisait pas ce qu'ils disaient, ils s'en prendraient à sa famille. Il s'est demandé où se trouvait ce garçon. Était-il dans l'un des attrape-âmes ?

Il poursuivit ses recherches pour savoir si les Furies étaient capables de pitié, mais ne trouva aucune preuve.

Il ajouta à la liste une chose qu'ils savaient déjà : les Furies étaient des mortels. C'est une chose que lui et les déesses maléfiques ont en commun, et lui et son équipe devront trouver un moyen de l'utiliser à leur avantage.

Lachie et Baby ont rattrapé E-Z.

"Comment va Bébé ?" demande-t-il.

"Il va mieux maintenant", a répondu Lachie.

Baby a rejeté la tête en arrière, a poussé un rugissement et a foncé.

"Attendez-moi ! s'écrie E-Z.

CHAPITRE HUIT

LES FURIES

AVEC LE SENTIMENT RÉPUGNANT de l'espoir qui empeste encore l'air, les Furies attendent. Elles avaient réparé leurs vêtements roussis et taillé leurs cheveux brûlés. Heureusement, les serpents sont restés indemnes. Pour se rendre présentables à l'arrivée de leur hôte imminent.

Il était leur bienfaiteur. Celui qui les avait ramenés sur terre. Leur suggérant d'établir une base dans le coeur indétectable de la Vallée de la Mort.

Avant l'échec de la boule de feu, ils avaient vu des signes. Des signes que tout se retournait contre eux. Le changement est une bonne chose, mais seulement s'ils en ont le contrôle. Leur heure arrive. Ils devaient être prêts à agir. Les choses tournaient à leur avantage. Tout ce qu'ils avaient à faire, c'était d'attendre. Puis d'être prêts à bondir.

"Eriel", siffle Meg.

L'archange, leur chef bien-aimé, est enfin arrivé.

"Quelles sont les dernières nouvelles ? demande Tisi. "Nous sommes dégoûtés par tout cet espoir dans l'air."

"Tisi et Allie chantent en dansant autour du feu.

Il les regardait danser nues comme des banshees. Elles faisaient claquer leurs fouets, tandis que les serpents qui leur servaient de bras et de cheveux glissaient et crachaient au hasard.

Eriel descendit sur eux comme un nuage noir, se posa, puis referma ses ailes. Sa taille gigantesque faisait ressembler les Furies à des poupées. Il se tint debout, les mains sur les hanches, puis mit un genou à terre pour se mettre au même niveau qu'elles. C'était sa façon de s'abaisser à leur niveau, tout en restant au-dessus d'elles. Il voulait qu'ils sachent qu'ils travaillaient pour lui et non l'inverse. Il était fatigué d'insister sur ce point auprès des sœurs, et pourtant, il craignait que ce soit le seul moyen de les garder dans le droit chemin.

"Il n'y a pas d'espoir - pas maintenant que nous travaillons ensemble", a déclaré Eriel. "Et ne riez pas. Enfin, je suppose que tu peux rire. C'est ce que j'ai fait quand j'ai appris qu'ils envoyaient une équipe d'enfants pour vous tuer."

Les Furies étaient hystériques. Leurs voix résonnaient dans la Vallée de la Mort et faisaient fuir tous les oiseaux.

"Ces idiots !" dit Meg.

"Nous mangerons ces enfants au petit déjeuner, au déjeuner et au dîner", dit Tisi en se léchant les lèvres.

"Nous ne mangeons pas les enfants", dit Alli. "Mais tu es drôle, ma sœur. Tout ce que nous voulons, c'est leur âme. Et je ne me souviens plus pourquoi nous les voulons. Explique-le encore une fois, chère sœur."

Meg dit : "Nous sommes aux ordres d'Eriel. Il veut les capteurs d'âmes et nous les obtenons pour lui. Une fois que nous aurons satisfait à ses exigences, nous redeviendrons les Filles de Nyx - les Bienveillantes - et nous gouvernerons la nuit et ferons tout ce qui nous plaît."

"Alors, si je veux goûter l'un des enfants, je pourrai le faire, n'est-ce pas ? demande Tisi. "Je me suis toujours demandé quel goût ils auraient." Elle roula des yeux et renifla l'air. Le serpent sur sa tête s'élança vers lui.

Eriel se moque. "Ce ne sont pas des enfants ordinaires, comme ceux que vous traquez dans le jeu. Ce sont des enfants doués, avec des pouvoirs et des capacités. Mais je vous tiendrai au courant, et vous aurez besoin de mon aide."

"Votre aide ? Pour vaincre des enfants, de simples bébés ?!", s'esclaffa le trio, qui voltigea en s'élevant du sol grâce à ses puissantes ailes de chauve-souris. "Nous les battrons avant même qu'ils ne frappent. Les serpents sifflèrent et crachèrent en signe d'approbation.

"Comme nous l'avons fait dans la chambre blanche. Comme nous l'avons fait avec leur amie Rosalie. Elle ne voulait pas nous dire qui était envoyé pour nous. Nous voulions savoir et nous en avions assez d'attendre que vous nous le disiez. Alors, nous l'avons éliminée", dit Meg.

"Oui, et tu as failli perdre le match ! D'ailleurs, c'est dommage que tu n'aies pas récupéré son âme et que tu ne l'aies pas mise dans un capteur d'âme", dit Eriel. "Maintenant, il y a des détails à régler. Ces derniers peuvent devenir des pistes pour ceux qui les recherchent."

Ils ont levé les yeux vers le ciel et ont vu une traînée de couleurs comme un arc-en-ciel qui s'étendait d'un côté à l'autre. Mais ce n'était pas un arc-en-ciel, c'était de l'énergie. L'énergie de ceux que les archanges avaient recrutés pour faire ce qu'eux-mêmes ne pouvaient pas faire.

"Nous savons qu'ils arrivent et ils n'auront aucune chance contre nous ! s'écrie Tisi.

Eh bien, ils ont réussi à battre ces boules de feu infantiles que vous avez envoyées !" s'exclama Eriel. "Une tentative aussi médiocre et amateur que celle-là ! J'ai eu honte de travailler avec vous ! Heureusement que personne n'est au courant de notre lien."

Poings et dents serrés, les Furies n'avancent pas tant qu'Alli n'a pas brisé la glace.

"Mes sœurs, son opinion sur nous n'a pas d'importance. Nous avons fait de notre mieux. Cela valait la peine d'essayer. De plus, nous avons déjà beaucoup d'âmes à notre disposition." Elle remua la marmite, but un peu de soupe avec une louche, puis la recracha. "Trop de sel", dit-elle. Elle a ajouté de l'eau, puis des champignons sauvages et des pommes de terre grelots. "Et nous recueillons chaque jour davantage d'âmes d'enfants. J'en ai assez d'attendre que les enfants super-héros viennent à nous. Qu'ils s'organisent. Quand ils seront tous ensemble, pourquoi ne pas les TUER ?"

"Ma sœur, tu dois être patiente."

"Je suis fatiguée d'être patiente. Je suis fatiguée - je suis tout simplement fatiguée", dit Alli. Elle remue et, après avoir ajouté quelques herbes et épices sauvages, elle goûte la soupe, qui est bonne. "Le dîner est prêt", dit-elle.

"Vous serez patients et vous n'agirez pas - à moins que je ne vous dise d'agir. C'est mon jeu et je vous ai invitées à y jouer. Sans moi, vous n'êtes que trois déesses inutiles qui dorment le reste de leur vie." Il donne un coup de pied dans le sable avec sa botte. "Et c'est vraiment dommage que vous deviez consommer de la nourriture humaine. C'est un véritable déclassement, puisque maintenant vous avez besoin de subsistance pour survivre. Lorsque je régnerai sur la Terre et que tous les attrapeurs d'âmes résideront ici, je déclencherai la **PAUSE TERRE.** Je régnerai sur la Terre si vous jouez bien le jeu. Si vous faites ce que je vous demande, vous serez à mes côtés.

Vous partagerez les gains. Si vous vous opposez à moi, vous retournerez à la poussière."

Après avoir prononcé le mot "poussière", il a ouvert ses bras et ses ailes, s'est soulevé du sol et a disparu.

Les furies chantent ensemble en dégustant leur soupe. Les serpents, qui étaient les plus affamés, la léchaient, et bien qu'ils aient nettoyé la marmite, ils en redemandaient.

"Maintenant qu'il est parti", dit Meg, "parlons de notre propre finalité".

Tisi et Alli ricanent.

"Eriel croit qu'il nous rendra notre état de déesse, mais nous n'allons pas laisser cet archange s'emparer de la terre. Qui nous dit qu'il ne nous laissera pas dans la poussière quand nous aurons fait tout le travail ? Les archanges ne tiennent pas toujours leurs promesses. Nous n'avons pas besoin de tenir les nôtres non plus, n'est-ce pas, mes sœurs ?"

"Pour qui se prend-il, l'Élu ?" demande Alli.

Meg rit. "Il n'est choisi par rien ni personne, mais nous avons toujours besoin de lui.

"Oui, dit Tisi. "Sa suffisance est son défaut. Elle baissa la voix jusqu'à murmurer : "Chaque fois qu'il parle, il s'affaiblit. Chaque fois qu'il trahit les autres archanges, il abandonne un peu plus de son pouvoir."

Une fois de plus, les sœurs se mettent à chanter :

"Le sang des enfants recrutés sera la soupe de demain.

Après le sup, nous nous amuserons avec un hula-hoop".

Meg a repris la chanson,

"Les bébés, les enfants, les petits maléfiques et les coupables de tous les maux

Nous dirons qu'ils ont perdu la tête si nous avons de la chance !"

Alli a chanté,

"Les filles des ténèbres contre les enfants qui n'ont aucune idée.

Le ciel va pleuvoir du sang avant que nous n'ayons fini !"

Ils ricanaient et sifflaient en faisant claquer leurs fouets et en dansant tandis que la lune montait de plus en plus haut dans le ciel. Épuisés, ils tombèrent sur le sol et dormirent dans la terre. Les serpents préféraient cette position - et dormir aussi - plutôt que de siffler et de se déplacer toute la nuit.

"Bonne nuit mes sœurs", ont-elles dit en rond, comme elles ont vu les humains le faire dans l'émission The Walton's, diffusée à la télévision par leur antenne satellite. C'est l'une de leurs émissions préférées. "Et demain matin, nous reverrons le plan."

CHAPITRE NEUF

PAFHS9

C'ÉTAIT UNE COMPÉTITION POUR Sam et Samantha qui attendaient de voir quel groupe d'enfants reviendrait en premier. Le gagnant se lèverait avec les jumeaux tous les soirs pendant un mois, l'enjeu était donc de taille.

Sam a choisi E-Z, Lia, puis Alfred. Samantha a choisi Alfred, E-Z, puis Lia.

"Mais E-Z est en Australie", réplique Samantha. "Tu vas vraiment perdre. Je penserai à toi - PAS - quand je dormirai toute la nuit pendant un mois".

"Vous avez choisi Alfred et il prend l'avion ! Tu sais bien qu'ils sont toujours surchargés et qu'ils respectent rarement leurs horaires. Alors qu'E-Z peut aller et venir à sa guise et que son fauteuil roulant se déplace à une vitesse incroyable ! Je vais tellement gagner, et j'en suis tellement sûr, que je vais adoucir le pari et le porter à six mois. Êtes-vous prêt à augmenter le pari ?"

Samantha réfléchit à cette nouvelle offre. Des paris de ce genre pouvaient nuire à un mariage, et ils manquaient déjà de sommeil avec les deux qui se réveillaient chaque nuit pour s'occuper des jumeaux. Elle le serra dans ses bras : "Restons simples. Un mois."

"Chicken", dit Sam en entourant sa femme de ses bras. Il l'embrasse sur le front tandis que Jill pousse un cri auquel Jack se joint bientôt. "Je vais y aller", dit-il.

"Allons-y ensemble", dit Samantha, en prenant la main de son mari dans la sienne, et ils se dirigent vers le hall.

La petite Dorrit revenait à toute vitesse.

"On ne peut pas descendre boire un verre ?" demande Brandy.

"Non, c'est tout, dit la Petite Dorrit.

"Viens", dit Lia, "ça ne prendra que quelques minutes".

"Je ne veux pas vous effrayer, dit la Petite Dorrit, mais j'ai un mauvais pressentiment et je veux que nous quittions les lieux au plus vite.

"Les deux filles se mettent d'accord.

Presque arrivée à la maison, Lia a envoyé un message à Samantha, lui disant qu'elles seraient à la maison dans quelques minutes.

"Ah, nous nous sommes tous les deux trompés", dit-elle.

"Mais l'un de nous devra toujours se lever chaque nuit pour s'occuper des jumeaux", dit Sam.

"Nous nous relaierons", dit Samantha, tandis qu'elle et Sam, maintenant que les jumeaux sont retournés faire leur sieste, sortent dans le jardin. Elle aperçut bientôt la Petite Dorrit qui venait d'atterrir.

Lia et Brandy sont descendus.

"C'était vraiment cool", a dit Brandy. "Merci, Petite Dorrit. Elle fait un câlin à la licorne qui lui répond : "De rien".

"Oui, merci de veiller sur nous", dit Lia.

"S'occuper de vous, y a-t-il eu des problèmes ?" demande Sam.

"Rien que je ne puisse faire", dit la Petite Dorrit. "Maintenant, si vous n'avez pas besoin de moi pendant un moment, j'aimerais aller chercher de l'eau et un en-cas."

"Allez-y", dit Sam, "et merci de vous occuper de nos filles".

La petite Dorrit fait un clin d'œil à Sam, puis s'envole et disparaît bientôt de son champ de vision.

Après les présentations avec Sam et Samantha, Brandy a appelé sa mère pour lui dire qu'ils étaient bien arrivés.

Quelques heures plus tard, Alfred, Charles, Haruto et sa grand-mère arrivent. Comme précédemment, les présentations ont été faites, et Brandy et Lia ont été ajoutées au mélange.

"Tu ne peux pas être LE Charles Dickens", dit Brandy en haussant les sourcils. "Et tu n'es qu'un enfant à peine sorti de ses couches", dit-elle à Haruto qui, en réponse, se rendit invisible.

"Oups !" s'exclame Brandy. "Et toi, tu es un grand cygne à plumes ! Comment vas-tu nous aider à vaincre les Furies !"

"Tout d'abord, commença Alfred, vous êtes bien plus grossier que vous ne devriez l'être. Même un cygne peu sophistiqué comme moi a des manières."

"Anata wa gakidesu !" dit la grand-mère de Haruto, ce qui signifie "Tu es un sale gosse !".

Un ricanement se fait entendre de la part d'Haruto invisible.

Lia est intervenue et s'est excusée : "Je vais la mettre au courant. Elle est cool. Il faut juste lui laisser un peu de temps pour s'installer", dit-elle. "Je ne savais pas jusqu'à présent ce que Haruto pouvait faire, je l'ai vu de mes propres yeux. Elle dit au petit garçon : "Reviens, Haruto, s'il te plaît. Elle ne voulait pas te blesser."

"Désolée", dit Brandy en baissant les yeux vers le sol.

Haruto revint, s'effaçant peu à peu. Il se tenait debout, le bras autour de la taille de sa grand-mère. Alfred et Charles s'approchèrent d'eux.

"Nous venons de descendre d'un avion et nous sommes fatigués - nous allons donc aller nous rafraîchir. A notre retour, je m'attends à ce que vous lui mettiez une laisse, ou un morceau de ruban adhésif sur sa bouche. Ou que vous lui appreniez les bonnes manières", dit-il, avant de s'éloigner dans le couloir avec les deux autres.

"Wow !" dit Brandy. "Juste WOW ! J'ai dit que j'étais désolé."

"Non, il avait raison, dit Lia.

Samantha lui dit : "Tu es chez nous maintenant, et nous n'accepterons pas que tu sois grossier avec qui que ce soit."

Sam croise les bras sur sa poitrine, au moment où les jumeaux recommencent à gémir.

"Ils doivent avoir faim. Ne vous inquiétez pas, je peux me débrouiller", dit Samantha, mais avant de partir, elle lance un regard noir à Brandy.

"Brandy, tu es dans un endroit étrange, où tu ne connais personne d'autre que Lia et la petite Dorrit, dit Sam. "Si tu veux faire partie de cette équipe, pour vaincre les Furies, tu dois travailler ensemble. Insulter tes coéquipières n'est pas une façon efficace de commencer. Je vous suggère de vous excuser à nouveau comme vous le pensez quand ils reviendront, et de demander à recommencer."

Les yeux de Brandy étaient remplis de larmes, "J'étais juste surprise de voir les autres membres de l'équipe avec lesquels je vais travailler. Mais vous avez raison, je vais m'excuser à nouveau et demander une autre chance. J'espère qu'ils me pardonneront. Maman dit toujours que je suis trop franc pour mon propre bien."

Lia sourit. "Tu aimeras Alfred quand tu le connaîtras. C'est aussi la première fois que je rencontre Charles en personne. Charles est dans une situation étrange. Quand il avait dix ans, c'était en 1822. Pensez-y. Et c'est aussi la première fois que je rencontre Haruto et sa grand-mère."

"C'est insensé ! James Monroe était président à l'époque - et c'était notre cinquième président !" Brandy hulule. Elle donne un petit coup de coude à Lia, "Maman et papa seraient très impressionnés que je me souvienne de cette info ! Et le gamin, je veux dire Haruto, il semble bien trop jeune pour risquer sa vie."

Lia rit et Sam se joint à elle, puis entendant que sa femme l'appelle pour l'aider avec les jumeaux, il se précipite hors de la pièce.

Charles répond : "George IV était sur le trône quand je suis venu ici la dernière fois. Au moins, je n'ai pas à craindre de retourner à l'hospice l'année prochaine", dit-il avec un sourire qui s'efface rapidement.

Lia a poussé un cri involontaire, tandis que Brandy a fondu en larmes et a dit : "Je suis vraiment désolée, Charles".

"Ah, vous avez donc entendu parler des hospices", dit-il. "Mais je suis ici, j'y ai survécu et j'ai apparemment utilisé mon expérience pour écrire sur des personnages comme Oliver Twist et Little Dorrit, pour n'en citer que deux. Oui, j'ai lu des choses sur moi sur Internet et je dois vous dire que je me suis impressionné moi-même.

"Tu n'as pas encore rencontré la petite Dorrit la licorne", dit Lia. "Elle est partie se rafraîchir, mais elle reviendra bientôt.

"Qui ? demande Charles.

Au moment voulu, la Petite Dorrit est réapparue en décrivant des cercles au-dessus de leurs têtes et a fait un atterrissage rapide.

"La Petite Dorrit, c'est Charles Dickens. Charles, voici la Petite Dorrit", dit Lia.

Charles est resté sans voix lorsque la gentille licorne s'est blottie contre lui. "Je n'aurais jamais imaginé rencontrer une licorne un jour".

"Enchanté, Charles, dit la petite Dorrit.

Charles s'exclame : "Et en plus, elle parle intelligemment ! Il avait un million de questions à lui poser, mais elles devaient attendre car, dans le ciel, E-Z, Lachie et Baby étaient en train d'atterrir. "Suis-je éveillé ou en train de rêver ? demande Charles. "Pince-moi, comme ça je serai sûr".

Une fois que Baby a atterri et que Lachie est descendu de sa monture, les présentations ont été faites tout autour tandis qu'E-Z s'est précipité à l'intérieur pour utiliser la salle de bain. Lorsqu'il revint, Sam et Samantha avec les jumeaux, Haruto et Alfred les rejoignirent.

"Tout le monde est là", dit Alfred.

"Je peux vous parler, à vous et à Haruto ? demande Brandy. Quand ils ont hoché la tête, elle a dit : "Je suis vraiment, vraiment désolée. S'il vous plaît, pardonnez-moi pour mon impolitesse et donnez-moi une seconde chance." Elle regarde ses pieds.

"Recommençons", dit Alfred.

"Saikai suru", dit Haruto puis traduit, "Ce qu'il a dit".

"Anata wa yurusa rete imasu", dit la grand-mère de Haruto, ce qui signifie "Tu es pardonné".

Bébé et la Petite Dorrit se tenant côte à côte était un spectacle très étrange à voir. La petite Dorrit n'était pas petite, c'était une licorne qui mesurait plus de 2,5 mètres de haut, tandis que Baby n'était pas un bébé, puisqu'il mesurait plus de 2,5 mètres de haut.

"Je pense que vous deux - Baby et Little Dorrit - allez devoir trouver un autre endroit où dormir, car le jardin ne sera pas assez grand pour vous deux", dit E-Z.

La petite Dorrit dit : "Je connais un endroit où nous pourrons manger quelque chose de délicieux et boire de l'eau".

"Il me semble que c'est une bonne chose", a déclaré Baby.

La grand-mère d'Haruto tapote le bébé sur la tête et lui demande : "Josha wa dodesu ka ?", ce qui signifie : "Que diriez-vous de faire un tour ?".

Le bébé a dit : "Tashika ni, tobinotte !", ce qui signifie : "Bien sûr, monte !".

Haruto s'est précipité et a dit : "Matte watashi o wasurenaide !", ce qui signifie : "Attends, ne m'oublie pas !".

Bébé se baisse pour que Haruto et sa grand-mère puissent monter sur son dos. Ils s'envolent, suivis de près par la Petite Dorrit.

Sam a dit : "Je pense que tout le monde devrait s'installer et vous pourrez parler et planifier à votre guise demain".

"Bonne idée", dit E-Z, tandis que Baby dépose Haruto et sa grand-mère. Les cheveux de Sobo se hérissaient comme si elle avait mis le doigt dans une prise.

Comme la grand-mère de Haruto restait sans voix, Samantha la conduisit dans sa chambre. "Haruto dort dans ma chambre", dit-elle.

"Bien sûr, je reviens tout de suite." Elle se dirigea dans le couloir vers la chambre de E-Z.

"Comment c'était ? E-Z demande à Haruto.

Il s'exclame "Subarashi !", ce qui signifie "Fantastique !".

"Nous avons fait livrer un lit d'enfant et des lits superposés aujourd'hui", explique Sam. "Haruto, Charles et Lachie sont donc avec E-Z et Alfred dans leur chambre. Alfred dort au bout du lit de E-Z."

"Merci", dit E-Z en se dirigeant vers sa chambre. "Au fait", dit-il lorsqu'ils furent seuls, "l'un d'entre vous a-t-il eu des problèmes sur le chemin du retour ?"

Alfred a dit que ce n'était pas le cas.

"Et toi, Lia ? demanda-t-il dans son esprit.

"Non.

"Alors, que s'est-il passé ?" demande Alfred.

"Eh bien, nous avons eu une boule de feu sur nos traces."

Lia a sursauté.

"Mais grâce à la rapidité d'esprit de Baby, il a été détruit."

"Comment a-t-il réussi à le détruire ? demande Alfred.

"Le bébé l'a avalé, puis l'a laissé tomber dans l'océan".

"C'est effrayant", dit Haruto.

"Je suis encore un peu inquiet pour Bébé", dit E-Z, "car sur le chemin du retour, j'ai remarqué qu'il a toussé et éternué plusieurs fois".

Lachie a déclaré : "Une étincelle a même jailli de sa bouche et de ses narines. Il dit qu'il va bien, mais je le surveille de près."

"On ne peut pas vraiment l'emmener chez le vétérinaire, n'est-ce pas ? dit Alfred.

Haruto a ri et ri encore.

"Qu'y a-t-il de si drôle ? demande E-Z.

"Hyoryu Doragon", dit-il. "Hyoryu Doragon ! - qui se traduit par vétérinaire dragon - et il s'est remis à rire.

Alfred et E-Z haussent les épaules, tout comme Charles, qui change de sujet en demandant si les autres pensent qu'ils devraient trouver un nouveau nom pour leur équipe, puisqu'ils sont désormais sept au lieu de trois.

"Peut-être", dit E-Z.

"Quelles sont nos principales caractéristiques ? demande Charles.

"Promets-moi", suggéra Haruto, qui s'était calmé et avait cessé de rire.

"Aspiration", a déclaré Charles.

"La foi", dit E-Z.

"L'espoir", dit Alfred.

Samantha écouta quelques minutes derrière la porte. Tout semblait assez amical, alors elle retourna parler à la grand-mère d'Haruto.

"Haruto est en train de s'installer avec les autres garçons et ils discutent. Vous pourrez l'installer ici demain si vous le souhaitez. Il a son propre lit de camp. Ils étaient en train de réfléchir à un nouveau nom pour leur équipe de super-héros, alors je ne voulais pas interrompre leur séance de brainstorming".

La grand-mère d'Haruto acquiesce : "Merci."

Lia et Brandy sont maintenant impliquées dans la conversation de chambre à chambre.

"Force x 7", ont suggéré les filles.

"Elle peut parfois lire dans nos pensées", confirme E-Z.

Charles s'est exclamé : "Et PAFHS7 ?".

"J'aime bien", dit E-Z, "mais n'oublions-nous pas deux membres importants de notre équipe ? Je veux parler de Little Dorrit et de Baby. Ce sont des membres à part entière et ils nous ont déjà sauvé la mise plusieurs fois."

Alfred répéta les mots, tout comme Haruto.

"Qu'en est-il de PAFHS9 ? chantent Lia et Brandy.

PAFHS9 n'a pas pu s'en empêcher, ils ont ri - jusqu'à ce qu'ils entendent quelqu'un marcher au-dessus de leurs têtes sur le toit.

"Qu'est-ce que c'était que ça ?" demande E-Z.

"Yoo-hoo ! C'est nous !" dit Raphaël. "Eriel et moi.

CHAPITRE DIX

BRUIT SUR LE TOIT

S AM SE DEMANDAIT SI Noël n'était pas arrivé plus tôt, lorsqu'il sortit en peignoir pour enquêter sur le vacarme qui régnait sur le toit. Il ne pouvait pas voir qui était là-haut, jusqu'à ce qu'il se retrouve au centre de sa pelouse.

"Chut !", murmure-t-il. "Nous venons juste d'endormir les bébés."

Les archanges ne répondirent pas. Au contraire, ils baissèrent la tête comme deux enfants grondés.

"Il demande : "Voulez-vous entrer à l'intérieur ?

"Merci beaucoup, répondit Raphaël.

POOF

POW

Elle et Eriel ont disparu.

Sam ne s'éloigna pas tout de suite de la pelouse. Ses pieds étaient mouillés par la rosée de l'herbe et, alors qu'il enfonçait ses poings dans les poches de sa robe de chambre, il aperçut Little Dorrit et Baby qui tournaient autour de la maison.

"Tout va bien en bas ? s'enquiert la petite Dorrit.

"Oui, dit Sam, mais n'allez pas trop loin, au cas où. Je sifflerai si nous avons besoin d'aide." Il fit un signe de la main, puis rentra dans la maison qui était maintenant remplie de voix et de bruits de chaises. Il serra les dents en espérant que les jumeaux dormaient profondément. Dans la cuisine, il remarqua que tout le monde était réveillé, à l'exception de la grand-mère d'Haruto.

Raphaël, assis en bout de table, ressemblait maintenant à la femme qui était habillée en infirmière à l'hôtel lorsque la vie d'Alfred a été sauvée. Sa robe longue et fluide, semblable à celle d'un diplômé, augmentait son statut parmi les autres, comme s'il s'agissait d'un professeur ou d'un juge.

Eriel, quant à lui, avait modifié son apparence pour ressembler à un chanteur décédé dont la marque de fabrique était de s'habiller de noir de la tête aux pieds, lunettes de soleil cerclées de noir comprises.

"Nous avons besoin de plus de chaises ? demande Samantha.

"Je pense que c'est bon", dit Sam. "J'espère que cela ne prendra pas beaucoup de temps. Oh, et E-Z, tu prends l'autre bout de la table puisque tu es notre chef élu."

Euh, merci", dit E-Z en se mettant en position. "Alors, qu'est-ce que vous faites ici tous les deux au milieu de la nuit ?"

Brandy rit, "Et qui a dit que j'étais la plus grossière ?"

Lia a dit : "Shhh".

Raphaël jette un coup d'œil à chacun des enfants. C'était la première fois qu'elle voyait Haruto, Charles, Brandy et Lachie. Ils étaient tous si jeunes, si courageux. Ses yeux s'embrasèrent lorsque son regard tomba sur E-Z. Elle s'inclina. Elle inclina la tête.

E-Z attendit, puis réalisa que Raphaël lui demandait de l'autoriser à parler. Il acquiesça.

Avant de parler, Raphaël ajuste ses nouvelles lunettes. Ce faisant, E-Z ajuste ses anciennes lunettes qu'il n'a jamais retirées de son visage, à la demande de leur propriétaire d'origine.

Charles, qui, contrairement à son habitude, s'impatiente de plus en plus, demande : "Madame, pourquoi suis-je ici en tant que garçon de dix ans alors que je serais bien plus utile à cette équipe en tant qu'adulte".

"SILENCE !" s'exclama Eriel en tapant du poing sur la table. "Nous avons la parole. Parle, ma sœur, car ces enfants deviennent de plus en plus impatients. Leurs yeux clignotent et font le tour de la pièce. Comme s'ils s'attendaient à ce que tu les jettes dans des cuves de cire brûlante !"

"Grossier !" s'exclame Brandy. "Je n'ai pas peur de toi !"

"Shhhh", chuchote Lia.

Charles a souri à Brandy.

"Vous devriez avoir peur", dit Eriel avec une grimace. "Très peur".

"Ordre ! De l'ordre !" s'écria Raphaël qui attendit que tous soient assis et plus calmes. "Nous sommes ici ce soir pour VOTRE bien. dit Raphaël un peu plus fort qu'elle ne l'aurait cru.

"Ici ! Ici !" intervint Eriel.

"Comment cela ? demande E-Z.

"Elle te le dira si tu te calmes ! déclara Eriel.

Raphaël attendit à nouveau qu'elle reprenne la parole.

"Il n'y a pas de temps pour les plans fantaisistes ou les retards. Les Furies font des ravages, de plus en plus chaque jour, en piratant les capteurs d'âmes. En jetant les vieilles âmes dans le vide. C'est le chaos total ! Et elles en créent davantage à chaque seconde, à chaque minute, à chaque heure de chaque jour. En bref, il faut les arrêter. Immédiatement."

"Mais... dit Alfred, "vous n'avez même pas parlé des enfants".

Eriel se leva de sa chaise. Il fixa Alfred, le forçant à détourner le regard. "Elle n'a pas encore fini."

Raphaël poursuivit sans hésiter cette fois.

"Nous, Eriel et moi, sommes ici pour vous donner des conseils - sans être directement impliqués. Notre mission est de vous aider, de vous aider vous-mêmes à sauver les enfants."

E-Z n'aime pas ce son, pas du tout. Il tapa du poing sur la table.

"Nous avons déjà accepté de combattre les Furies. D'abord, nous devons nous préparer, élaborer un plan. Quand nous serons prêts, nous les détruirons. Si vous êtes venus ici pour nous presser, pour nous pousser au combat avant que le moment ne soit venu, alors, en tant que chef élu, j'aimerais me retirer. Nous ne sommes que des enfants et vous nous demandez de mettre nos vies en danger. Je ne suis pas, nous ne sommes pas, prêts à aller de l'avant tant que nous ne sommes pas pleinement préparés.

Lia s'est levée la première et a commencé à applaudir, et le reste de son équipe s'est joint à elle.

"Ce qu'il a dit", roucoule Alfred, car les cygnes ne peuvent pas applaudir.

"Attendez !" dit Raphaël. "Nous ne sommes pas là pour te pousser, mais pour t'aider."

La couleur d'Eriel passa du blanc au rouge, contrastant fortement avec sa tenue noire. E-Z et les autres regardaient le teint de l'archange continuer à rougir, craignant que sa tête n'explose.

"Calmez-vous et asseyez-vous !" ordonna Raphaël. Eriel prit quelques profondes inspirations, puis s'enfonça à nouveau dans son siège.

Raphaël reste calme, la tête haute. Elle a repoussé sa chaise et s'est levée. Et elle s'est élevée jusqu'à ce qu'elle soit au-dessus des autres. Elle s'est installée, comme sur un tapis volant, et a penché la tête vers la droite, comme si elle posait pour un selfie.

"Nous sommes engagés envers vous et envers la tâche, mais nos pouvoirs ont des limites. Si vous connaissez l'expression "nous sommes là pour vous en esprit", c'est ce que nous sommes. Nous avons bousculé toutes les règles aujourd'hui en venant chez vous. Nous l'avons fait contre l'avis de nos supérieurs et en dépit du bon sens.

"En venant ici, nous nous sommes exposés à des dangers invisibles et inconnus, mais vous en valez la peine. C'est pourquoi nous avons décidé de venir vous offrir notre aide en personne."

"De plus, nous comprenons que vous avez élaboré un plan et que nous sommes là pour vous aider à le mettre au point. Vous pouvez le tester sur nous, voir s'il fonctionne. Si nous trouvons des failles, nous vous les signalerons et vous aiderons."

E-Z jette un coup d'œil aux membres de son équipe, qui se rasseyent. "Nous envisageons d'attirer les déesses dans un jeu et de les y vaincre.

"Oh, je vois, dit Raphaël. "Tu crois que tu peux les battre à leur propre jeu, pour ainsi dire, c'est intelligent. Très intelligent, mais pas assez, je le crains."

"Qu'est-ce que tu veux dire ?"

"Ils ont compris comment manipuler et contrôler tous les acteurs du monde du jeu. Ils connaissent toutes les ficelles du métier, car l'industrie a rendu les choses faciles une fois que l'on est entré dans le jeu. Pour jouer, il faut tuer. Pour progresser, il faut tuer. Pour gagner, il faut tuer.

"Dans le monde du jeu E-Z, vous devrez aussi tuer. Une fois que vous l'aurez fait, vous deviendrez une proie facile pour les Furies. Elles pourraient capturer chacun d'entre vous, l'un après l'autre. Vous ne pouvez pas former une équipe. Les équipes dans le jeu ne sont que des illusions. Aucun joueur n'échappera à leur complot vengeur.

"N'oubliez pas que les déesses ont pour mission de punir les impunis. Et elles s'en acquittent parfaitement, sans hésiter. Cependant, elles utilisent une zone grise à leur avantage. Rien ne peut les arrêter - à condition qu'ils respectent le mandat." Elle s'arrêta et jeta un coup d'œil à Eriel : "Tu veux ajouter quelque chose ?"

"Si j'étais vous, je les attaquerais de front, à découvert. À l'endroit et au moment où ils s'y attendent le moins. Cela vous mettrait en position de force et les rendrait vulnérables."

"S'ils ne nous voient pas, ou s'ils ne sentent pas que nous venons les chercher," dit Brandy. "Je ne comprends toujours pas comment ils tuent les enfants. Nous devons le voir pour le comprendre et savoir à quoi nous sommes confrontés. J'ai dit que j'aiderais, mais j'attendais des informations plus précises."

"E-Z, demanda Raphaël, es-tu prêt à me rendre mes lunettes ? Pour un court instant ? Avec elles, je pourrai te montrer la technique des Furies. Comment elles piègent les enfants dans le jeu en temps réel. Brandy a raison, voir c'est croire, mais je ne peux pas le faire sans mes lunettes d'origine. Vous seul pouvez prendre cette décision. Si vous voulez vraiment voir. Si vous voulez vraiment savoir."

"Cool", dit Brandy. "Allons-y, E-Z."

Eriel jeta un coup d'œil au plafond. "Ophaniel m'a convoquée. Je dois partir maintenant." Il s'inclina.

ZIP

Il disparaît dans la nuit.

E-Z enleva les lunettes rouges et les plia, avant de les tendre à Raphaël, qui flottait toujours au-dessus de la table. Lorsqu'elle s'en saisit, les lunettes volent dans ses mains.

Raphaël retira ses nouvelles lunettes et polit les anciennes avant de les mettre sur son visage. Elle sourit en regardant, comme tout le monde dans la pièce, le sang se déplacer autour des montures à la manière d'un serpent, comme s'il se familiarisait à nouveau avec elle.

Lorsque le sang dans les lunettes a retrouvé son flux de Raphaël, elle les a mises sur son visage et s'est dirigée vers le mur tandis que de puissantes lumières stroboscopiques émanaient de ses lunettes, comme on s'attendrait à en voir dans un cinéma.

"Avant de commencer, dit Raphaël, ce n'est pas pour les âmes sensibles. Ce que vous allez voir est classé Accompagnement adulte. Je ne pense pas qu'Haruto devrait le voir."

Samantha dit : "Viens, Haruto. Toi et moi, nous pouvons regarder un peu la télévision dans l'autre pièce."

Les deux sont partis. Et le spectacle commence.

Un petit garçon apparaît à l'écran. Il avait environ sept, voire huit ans. Bien que ce soit au milieu de la nuit, il était assis devant l'ordinateur. Il portait des écouteurs sur la tête. Devant sa bouche, il y avait un minuscule microphone fixé à son casque.

"Je t'ai eu !", dit-il. "Il ne me manque plus qu'un meurtre, et je passerai au niveau supérieur."

HHIIIIIIIIISSSSSSSSS.

Et ils l'entendaient aussi.

"Vous êtes un meurtrier !"

"Seuls les mauvais garçons tuent - et tu es un mauvais garçon. Ta mère sait-elle quel genre de mauvais garçon tueur tu es ?"

"Je joue à un jeu", a-t-il dit. "Ce n'est qu'un jeu et si je ne tue pas, je ne peux pas avancer.

"Pauvre enfant", dit E-Z.

Le silence.

Le garçon reprit son jeu. Bientôt, le moment est venu pour lui de tuer à nouveau. Cette fois, il hésite.

"Allez-y. Tu as tué une fois, tu sais que c'était amusant, alors vas-y et tue encore. Tu sais que tu en as envie."

"Non, dit-il.

"Cela n'a pas d'importance. Un seul mort, c'est tout ce qu'il nous faut !"

Puis le sifflement est redevenu très fort, plus fort, plus fort, plus fort.

"Stop !", a-t-il crié.

"Arrête Raphaël !" cria Lia.

"Je ne peux pas", répond l'archange. "Vous avez dit que vous vouliez voir comment ils font. Si l'un d'entre vous est trop effrayé, quittez la pièce ou couvrez-vous les yeux. Brandy avait raison, vous devez le voir de vos propres yeux. Jusqu'à présent, je ne l'ai pas vu non plus."

HHIIIIIIIIISSSSSSSSSS.

Allez-y. Tu as tué une fois, tu sais que c'était amusant, alors vas-y et tue encore. Tu sais que tu en as envie."

Allez-y. Tu as tué une fois, tu sais que c'était amusant, alors vas-y et tue encore. Tu sais que tu en as envie."

Allez-y. Tu as tué une fois, tu sais que c'était amusant, alors vas-y et tue encore. Tu sais que tu en as envie."

"La, la, la, la", chante le garçon. Il essaie d'ignorer les voix.

"Il est devenu fou", dit son ami qui joue lui aussi au jeu. "Je m'en vais. On se voit demain à l'école, Tommy."

"La, la, la, la !" Tommy continue de chanter.

Son pouls s'est accéléré. Les battements de son cœur s'accélèrent. Il battait la chamade, comme s'il voulait sortir de sa poitrine. Il ne pouvait plus respirer. Il essaya de se lever, mais ses jambes se mirent à geler.

Il a entendu une voix dans sa tête. On aurait dit la voix de sa mère, mais ce n'était pas le cas.

"Nous avons tellement honte de toi, Tommy. Nous ne méritons pas d'avoir un meurtrier pour fi ls !"

Une deuxième voix, qui ressemble à celle de son père.

"Notre fils n'est pas un meurtrier, qui es-tu ? Tu n'es pas notre fils."

Tommy a pleuré.

"Je suis un meurtrier", dit-il en s'affaissant de sa chaise et en se mettant en boule sur le sol.

À présent, deux autres voix s'élèvent de l'écran. Son frère Alex, sa sœur Katie, chantent une chanson avec ses parents, une chanson sur un air populaire pour enfants qui parle d'un mûrier. Leur version était la suivante :

"Tommy est un assassin ; assassin, assassin, assassin, assassin, Tommy est un assassin, et nous ne l'aimons plus."

Le pauvre Tommy était tout seul maintenant.

"N'abandonne pas", a crié Lia, tout en sachant qu'il ne pouvait pas l'entendre.

Sur le sol, roulé en boule, il imagine que sa mère, son père, sa sœur et son frère dansent autour de lui. Ils tournaient autour de lui comme un vautour autour de sa proie.

"Tommy est un assassin ; assassin, assassin, assassin, assassin, Tommy est un assassin, et nous ne l'aimons plus."

Le petit cœur de Tommy était brisé. Il est sorti de son corps et s'est envolé.

Les Furies l'ont attrapé et l'ont poussé dans un attrape-âmes. Elles ont claqué la porte.

Raphaël a enlevé les lunettes. Immédiatement, le projecteur mural s'est arrêté. En rendant les lunettes à E-Z, une larme coula sur sa joue.

Le silence autour de la table est assourdissant.

"Les sorcières dont parle Shakespeare dans Macbeth ont l'air gentilles avec elles", a déclaré Alfred.

"Je ne vois pas en quoi mon pouvoir de me camoufler ou de parler aux animaux va les aider, et non les contrer", a déclaré M. Lachie.

"J'en tuerais un, je mourrais, je reviendrais, je tuerais le deuxième, je mourrais, je reviendrais et je tuerais le troisième", a déclaré Brandy. "Laissez-moi mettre la main sur eux !"

"Attendez une minute", dit E-Z. "Maintenant que nous l'avons vu, nous devons en parler. Avant de plonger. Peut-être devrions-nous revoter ? Notre participation doit être unanime."

Sam prend la parole. "Vous n'avez pas à avoir honte de dire non. Personne ne vous a nommés sauveurs du monde."

"Il a raison, dit Raphaël . "Personne ne t'a nommé, mais personne d'autre ne peut le faire.

"Pourquoi les archanges ne peuvent-ils pas le faire ? demande Brandy.

"Nous avons essayé tout ce que nous savions et nous avons échoué. C'est pourquoi nous sommes venus à vous", dit Raphaël. "S'il y a un moment où vous craignez que la fin ne soit proche, c'est à ce moment-là que nous viendrons vous aider."

"Comment comptez-vous nous aider, alors que vous venez de nous dire que vous ne servez à rien ? demande Charles.

"C'est ce que je voulais demander", a déclaré Brandy.

"Si, quand, la fin est proche... nous, les archanges, recevrons d'autres pouvoirs. Jusqu'à ce qu'on en ait besoin, ces pouvoirs sont endormis au plus profond des entrailles de la terre.

"En attendant, E-Z, tu connais les mots magiques pour appeler Eriel à tes côtés. Ces mêmes mots m'amèneront, ainsi que les autres, si tu as besoin de nous.

"Nous viendrons. Nous nous battrons à vos côtés. Mais s'il vous plaît, ne gaspillez pas l'appel. Pour que les puissances anciennes se réveillent, il doit y avoir des preuves irréfutables que la fin de la race humaine est imminente."

"Et si nous vous appelons, et que les pouvoirs que vous dites avoir ne viennent pas. Que se passera-t-il alors ?" demande E-Z.

"Alors nous mourrons à vos côtés."

E-Z tape du poing sur la table.

"Les voir en action me fait bouillir le sang. Nous devons les vaincre."

"Ici ! Ici !" s'écrie Charles.

"Mais d'abord, dit Sam, tu dois le dire à ces enfants avant de les envoyer au combat. Dites-leur exactement comment vous et les autres archanges avez essayé de vaincre les Furies."

"Nous leur avons tendu un piège quand nous avons découvert qu'ils étaient revenus. Il nous a trahis, nous a trahis, et ils ont déménagé dans la Vallée de la Mort. La Vallée de la Mort est interdite aux archanges maintenant."

"Hors limites ? Qui l'a fait ?"

"C'est une question à laquelle je ne peux pas répondre. Tout ce que je sais, c'est qu'une équipe d'archanges immensément puissants n'a pas réussi à franchir les barrières de protection qu'ils ont mises en place."

"C'est tout ?" demande Brandy. "C'est tout ce que vous avez essayé, et vous voulez qu'on prenne le relais maintenant. Vraiment."

Raphaël mit les mains sur les hanches : "Nous sommes des archanges et nos pouvoirs sur terre sont limités". Elle rit : "Nos pouvoirs ailleurs sont aussi limités."

"D'accord, d'accord", dit E-Z. "Nous avons compris. Nous n'avons pas le choix, pas vraiment, mais laissez-nous faire."

"Très bien", dit Raphaël. "Mais avant de partir, Charles, je voulais répondre à ta question. Les archanges ne t'ont ni convoqué ni libéré. Nous pensons que ta présence ici est accidentelle.

"Nous ne pensons pas non plus que les Furies soient au courant de votre existence. Tu es peut-être une arme secrète. Tu as peut-être de grands pouvoirs en toi.

"Vous avez dit que vous auriez aimé être ramené à l'âge adulte. L'âge que vous avez aujourd'hui est important. Nous pensons que les enfants tiennent l'avenir de la race humaine entre leurs mains. Seuls les enfants peuvent vaincre le mal absolu."

"Mais pourquoi seulement des enfants ? demande Charles.

"Parce qu'ils sont nés avec un cœur pur", dit Raphaël.

Charles s'est assis un peu plus haut sur son siège.

Raphaël poursuit : " Charles Dickens, n'aie pas peur d'expérimenter et de découvrir ton vrai moi. En toi, il y a peut-être une porte que tu es le seul à pouvoir ouvrir. Une clé.

"Le fait même qu'il y ait une lignée entre vous, E-Z et Sam est important. N'ayez pas peur de tout risquer pour trouver cette clé. Vous êtes ici pour aider à sauver l'humanité. Il n'y a aucun doute là-dessus. Utilisez votre temps ici à bon escient. Faites la différence."

Charles pleure car jusqu'à présent, il s'est senti inutile. Les autres le réconfortent et le rassurent.

"Bonne chance à tous et à chacun d'entre vous", a déclaré Raphaël.

POW.

Et elle est partie.

"Lorsque nous aurons survécu à cette épreuve, a déclaré Lia, et nous y survivrons, nous organiserons la plus grande fête de victoire jamais organisée.

"Charles", dit E-Z. "Si Raphaël a raison, tu pourrais être le membre le plus important de l'équipe. Prends le temps de faire un peu d'introspection, s'il te plaît."

"Comment se fait la recherche de l'âme ?" a-t-il demandé.

"La méditation est un moyen d'y parvenir", a déclaré Brandy.

"Ou marcher dans la nature", dit Lachie.

"Un peu de solitude, juste pour réfléchir", propose Alfred.

"Dormons un peu et reprenons cette discussion demain matin", dit E-Z.

"Je ne pense pas que je vais beaucoup dormir après avoir vu ce pauvre Tommy", dit Lia. "C'était encore pire que ce que j'avais imaginé".

"Oui, pauvre petit Tommy", acquiesce Alfred.

"Alors, tout le monde est encore là ?" demande E-Z.

Tout le monde a dit "oui".

"Et Haruto ?"

"Je pense qu'il sera toujours de la partie, dit E-Z, mais je vais tout expliquer à Sobo, et elle pourra en parler avec lui. Je comprendrais tout à fait qu'ils se retirent."

"Je ne pense pas qu'ils le feront", dit Samantha. "Haruto dort. Il avait honte parce qu'il était trop jeune pour voir ce que tu voyais. Comme s'il n'était pas un membre à part entière de l'équipe."

"Vous avez bien fait de le faire sortir de la pièce", a déclaré Sam. "Ce dont nous avons été témoins était horrible.

"Je suis d'accord", dit E-Z.

Charles dit : "Alors, c'est tout pour un et un pour tous. Comme dans Les Trois Mousquetaires".

"J'ai toujours aimé ce livre ! dit Alfred.

Même dans les situations les plus difficiles, les livres ont toujours rapproché les gens. Chaque membre de PAFHS9 espère qu'il s'agit d'une chose au monde qui ne changera jamais.

CHAPITRE ONZE

DEJA VU

E-**Z** ET SAM N'ONT plus beaucoup de temps à eux, mais aucun ne s'en plaint. Samantha craignait qu'ils ne perdent le contact et était déterminée à arranger les choses en les surprenant avec un petit-déjeuner matinal au Ann's Café.

Ils sont arrivés dans la cuisine en même temps - puisqu'ils avaient tous les deux reçu des textos leur demandant de s'habiller et de venir à la cuisine immédiatement.

"Qu'est-ce qu'il y a ?" demande Sam.

"Oui, qu'est-ce qui ne va pas ?" demande E-Z.

"Il n'y a rien d'anormal, dit Samantha. "Vous avez une réservation chez Ann, alors allez-y tout de suite, avant que tout le monde se réveille et veuille vous rejoindre.

Sam embrasse sa femme.

"J'ai pensé qu'il était temps que vous preniez à nouveau le petit-déjeuner ensemble."

E-Z a serré Samantha dans ses bras.

"Nous nous y rendrons par nos propres moyens ?"

"Sans aucun doute l'oncle Sam".

Sam a pris son sac à dos avec son ordinateur portable et ils sont partis.

C'était une belle matinée de printemps, avec de nombreux chants d'oiseaux qui leur donnaient la sérénade sur le chemin du café.

"Votre femme est assez spéciale".

"Oui, elle est unique en son genre."

Ils arrivent bientôt au café. Il était presque vide et Ann était introuvable, mais E-Z a reconnu sa sœur, Emily. Il ne l'avait pas vue depuis son enfance.

"Tu n'as pas beaucoup changé", dit Emily en l'entourant de ses bras.

"Toi non plus", dit E-Z d'une voix étouffée alors qu'elle l'étouffe dans son volumineux pull. "Et voici l'oncle Sam."

"Je vois la ressemblance", dit Emily en lui serrant fermement la main. "J'ai la table parfaite pour vous, suivez-moi.

Lorsqu'ils passèrent devant leur table habituelle, il hésita et jeta un coup d'œil à son oncle. "Ça te dérange si on s'assoit plutôt à celle-ci, Emily ?"

"Bien sûr !" dit Emily en disposant l'argenterie et en remettant les menus. "Café ? Sam acquiesce et elle lui verse une tasse chaude et fumante.

"Tu as les mêmes symptômes que d'habitude ? demande-t-elle à E-Z. Ma sœur m'a dit ce que c'était".

"Sans aucun doute".

"Et c'était un milk-shake épais au chocolat, n'est-ce pas ?"

Elle a vu juste.

"Et toi, Sam ?", demande-t-elle. "Que prenez-vous aujourd'hui ?"

"Il a ajouté : "Deux de ce que mon neveu a pris, mais pas de milk-shake épais. Le café est la seule boisson dont j'ai besoin ce matin".

Elle a dit : "D'accord !" et s'est dirigée vers la cuisine.

Sam a ouvert son ordinateur portable, puis l'a refermé.

"C'est agréable de venir dans un endroit où tout est toujours pareil", a déclaré E-Z.

"Je devrais amener Sam et les jumeaux ici un jour prochain. J'aimerais soutenir les entreprises locales et c'est un bon exemple à donner à Jack et Jill".

"C'est certain. Cet endroit ne me rappelle que de bons souvenirs", déclare E-Z. "Mais un de ces jours, je vais prendre un risque et commander quelque chose de différent. Je dois donner le bon exemple à mes cousins, n'est-ce pas ?"

Sam rit, puis boit une gorgée de café. Une seconde plus tard, Emily est passée et a rempli la tasse à nouveau. "C'est comme si elle avait des yeux à l'arrière de la tête.

E-Z rit. Son esprit tournait autour d'un certain sujet qu'il voulait aborder : Les Furies. En même temps, il ne voulait pas se lancer tout de suite dans une conversation lourde.

"Alors, ma femme va avoir une maison pleine d'invités à nourrir quand tout le monde se lèvera."

"Sobo va nous aider."

"C'est vrai, mais je ne pense pas qu'il faille en profiter. J'aimerais que nous puissions rejouer le match, si vous voyez ce que je veux dire."

"Tout à fait. Alors, passons aux choses sérieuses."

Sam ouvrit à nouveau son ordinateur portable. Cette fois, il l'alluma et tapa dans le moteur de recherche :

Comment vaincre les Furies.

E-Z acquiesça, tandis qu'on déposait son milk-shake devant lui. Il essaya immédiatement d'en boire un peu, mais il était trop épais pour faire passer quoi que ce soit à travers la paille - ce qui était exactement comme il l'aimait. "Quelque chose d'utile ?"

"Il est dit que les Erinyes - ou les Furies - ne peuvent être apaisées que par une purification rituelle."

"Qu'est-ce que ça veut dire ?"

"Je pense que cela signifie que vous devrez accomplir un acte - à leur demande, en guise d'expiation."

"L'expiation ne signifie-t-elle pas la même chose que la pénitence ? Je n'aime pas ce que cela signifie", a déclaré E-Z. "Nous n'avons rien fait pour nous racheter auprès d'eux.

"Il peut également signifier Rédemption. Remboursement. Réparation. Restitution."

"Les quatre R, c'est accrocheur, mais je me demande à nouveau pour quoi nous les rembourserons.

"Sortez des sentiers battus", dit Sam. "Et si vous pouviez faire quelque chose pour les encourager à aller se promener et à laisser les enfants et les attrapeurs d'âmes tranquilles ?"

E-Z rit. "S'il y avait un moyen, ce serait parfait. Mais c'est aussi trop facile."

Sam se gratte la tête. "Ici, il est dit que les Furies punissaient les hommes et les femmes pour leurs crimes après la mort, et pendant leur vie. C'est ce qu'elles font maintenant - des enfants, pas des adultes. Je ne le savais pas."

"Ce que je ne comprends pas, c'est pourquoi. Pourquoi sont-ils de retour maintenant ? Qu'est-ce qui a changé..."

"Ce sont d'excellentes questions auxquelles je ne peux pas répondre", dit Sam. "Mais voici quelque chose d'intéressant. Il est dit qu'en tant que déesses du destin, elles ont empêché l'homme de connaître l'avenir."

"Comment exactement ?

"Ce n'est pas écrit", dit Sam, au moment où Emily arrive à nouveau pour lui rafraîchir sa tasse de café.

"Juste un peu", dit-il. Il avait peur d'être renvoyé chez lui s'il buvait encore du café.

"Votre petit-déjeuner sera prêt dans une seconde", dit-elle. "J'espère que vous avez faim !

"Nous le sommes certainement", dit E-Z, tout en essayant de boire à nouveau son milk-shake épais et en réussissant à en faire monter un peu à travers la paille.

Emily a souri, puis est allée accueillir de nouveaux clients.

"Avant tout cela, dit Sam, je n'avais jamais entendu parler des Furies. Il est dit ici que dans la mythologie grecque et romaine, elles étaient des esprits de justice et de vengeance. Leur autre nom, Erinyes, signifie "celles qui sont en colère". Il fait défiler la page. "Je vois quelques mentions dans le monde du jeu. Aucun des adjectifs utilisés pour les décrire ne contredit ce que nous savons déjà, à savoir que les Furies sont des créatures sinistres et maléfiques qui ne font preuve d'aucune pitié."

"J'aimerais que PJ et Arden soient de retour avec nous. Avec leurs connaissances en sorcellerie, je parie qu'ils sauraient quoi faire. Depuis que nous les avons perdus, je m'en veux d'avoir perdu le contact. Tout ça parce que je me suis trop impliqué dans mon rôle de super-héros. Ils me manquent vraiment.

"Ils ne voudraient pas que tu te donnes des coups de pied. Et ils me manquent aussi."

Emily pose la nourriture sur la table, "Bon appétit !" dit-elle.

E-Z et Sam mangent avec avidité, sans parler pendant un moment. Après de nombreux bruits de dégustation, ils reprennent leur conversation.

"J'étais en train de penser au plan : les vaincre à l'intérieur du jeu. Ça avait l'air bien, ou du moins on le pensait jusqu'à ce que Raphaël nous dise le contraire. Heureusement qu'elle nous l'a dit franchement, sinon... je ne veux même pas penser à ce qui aurait pu arriver aux enfants."

"Pourtant, je continue à penser que les Furies doivent avoir un talon d'Achille. Tu te souviens de cette histoire ?"

"C'est vrai. S'ils ont un point faible, je ne sais pas lequel. Nous savons qu'ils sont mortels comme nous. S'ils peuvent mourir, comme nous, alors au moins les règles du jeu sont les mêmes pour tous."

"Concentrons-nous un peu plus sur leurs faiblesses : la colère, la rancune, la vengeance".

"Ce sont les mêmes choses pour lesquelles ils punissent les autres, alors comment cela peut-il être leurs faiblesses ? demanda E-Z en enfournant une bouchée de crêpes dans sa bouche. "Alors, c'est bon."

Sam acquiesce : "C'est sûr". Il but une nouvelle gorgée de café. "C'est vrai, ce qui veut dire que nous pourrions utiliser contre eux les mêmes choses pour lesquelles ils punissent les autres."

"Mais comment ?"

"Cela, je ne le sais pas encore".

"Nous aurons peut-être besoin de plus d'une séance pour mettre les choses au point", dit E-Z. Sa deuxième assiette de crêpes est posée sur la table devant lui.

"Ann vient d'appeler et m'a dit de m'assurer que j'avais apporté une deuxième fournée de crêpes pour toi", dit Emily.

"Merci. Et dites à Ann que j'espère qu'elle se sentira bientôt mieux."

"Je le ferai. Encore du café ?"

Sam a acquiescé et elle a rempli sa tasse. Quand Emily est partie, il a dit "Euh, je reviens dans une seconde" et est allé aux toilettes.

E-Z tourne l'écran vers lui et tape :

COMMENT TUER LES FURIES ?

Quelques réponses sont apparues, mais elles concernaient toutes la manière de battre les trois déesses en tant que personnages dans le monde du jeu.

Sam revient. "Tu as trouvé quelque chose ?

"Rien d'utile. Bien qu'il dise que les racines des Furies pourraient remonter à la préhistoire."

"La lignée de Baby remonte également assez loin".

"Vous auriez dû voir à quelle vitesse il a englouti cette boule de feu ! Sans une seconde d'hésitation."

Après avoir terminé leur repas, ils ont remercié Emily et sont rentrés chez eux. Ils étaient tellement rassasiés qu'ils ne pensaient pas pouvoir manger à nouveau.

C'était vraiment sympa de passer la matinée avec toi", a déclaré E-Z. "C'était comme au bon vieux temps". "C'était comme au bon vieux temps.

"C'est vrai. Recommençons bientôt. En attendant, réfléchissons davantage à ce que nous avons appris aujourd'hui, car comme le dit le vieil adage - quand on veut, on peut."

"C'est vrai, c'est vrai, Oncle Sam. C'est vrai, c'est vrai."

CHAPITRE DOUZE

DE RETOUR À LA MAISON

Lorsqu'ils sont arrivés à la maison, la première chose que Sam a faite a été d'entourer sa femme de ses bras. Elle était contente de le voir, mais ses mains étaient occupées à préparer le petit déjeuner.

"Je suis contente que ça t'ait plu", a crié Samantha.

"Je peux faire quelque chose pour aider ?" demande Sam en évaluant la situation des jumeaux.

"Tout est géré", dit Samantha, alors que derrière elle, les jumeaux poussent un cri.

Surtout parce que Haruto s'était arrêté un instant de jouer sa version de hon no piku, ce qui signifie coucou. Dans la version d'Haruto, il faisait une grimace, puis tournait très vite jusqu'à ce qu'il disparaisse, puis il réapparaissait, et les jumeaux riaient.

"C'est très créatif ! dit Sam, tandis que Lachie prend le relais pour jouer le rôle de l'animateur.

Lachie s'est directement lancé dans quelques imitations d'animaux et a reçu des commentaires élogieux de la part des jumeaux lorsqu'il a ri comme un kookaburra :

koo-koo-koo-kaa-kaa-KAA!-KAA!-KAA !

Puis ce fut au tour de Charles de nous divertir avec son histoire intitulée Les trois rochers.

"Iwa ? dit Haruto, ce qui signifie "rochers".

"Oui", dit Charles, tandis qu'E-Z et Sam se retirent dans l'embrasure de la porte pour écouter l'histoire, tandis qu'Alfred, Sobo, Brandy, Lia et Samantha continuent de préparer le repas.

"Il était une fois, commença Charles, une colline située au-dessus de la Manche. Sur cette colline, il y avait beaucoup, beaucoup de rochers. En fait, il y en avait trop pour les compter.

"Ce jour-là, un gros et lourd camion a gravi la colline en grinçant et en faisant grincer ses engrenages. Lorsqu'il est arrivé au sommet, il a déployé un élévateur de blocs, qui a lutté contre le poids de chaque morceau de pierre. Pendant des heures, il a réussi à ramasser autant de pierres qu'il le pouvait. Jusqu'à ce que l'arrière du camion soit plein. Mais pas trop. En effet, si le camion était trop plein, les rochers rouleraient hors du camion lorsqu'il se déplacerait, ce qu'il fallait éviter à tout prix.

"Le camion a dévalé la colline. Il a déversé les blocs de pierre dans un autre camion plus grand. Un camion qui était trop grand pour remonter la pente et qui n'avait pas de mécanisme de levage. Lorsque le petit camion fut à nouveau vide, il remonta la colline. Bientôt, il fut à nouveau rempli de blocs de pierre.

"Ce processus a été répété plusieurs fois, jusqu'à ce que le plus gros camion soit plein à ras bord. Tous les blocs restants devaient être transportés dans le plus petit camion. Maintenant que les deux camions étaient pleins, le gros travail était terminé. C'était donc l'heure du déjeuner. Les hommes mangent leurs sandwichs et boivent leur thermos de thé chaud et sucré.

"De retour au sommet de la falaise, il ne restait plus que trois rochers solitaires. Ils étaient tristes d'avoir perdu leurs amis et se sentaient rejetés, non désirés, inutiles et assez en colère en même temps. Ressentir trop d'émotions en même temps peut être déroutant, mais partager ses sentiments avec des amis peut aider, et les trois rochers ont donc discuté de leur situation difficile."

"Qu'est-ce qu'ils font avec tous nos amis ? demanda le premier rocher qui s'appelait Rocky.

"Je ne sais pas", dit le deuxième rocher qui s'appelait Pebbles. "Peut-être ont-ils aussi besoin d'amis là où ils vont. Ils me manqueront."

"Non", dit le troisième bloc, qui était plus âgé et plus sage et qui s'appelait Craggy. "Ils ne les emmènent pas voir le monde. Ni pour être leurs amis. Tu ne sais pas qu'ils nous écrasent pour construire leurs routes."

"Non ! s'écrient Rocky et Pebbles. "Ils ne peuvent pas réduire nos amis en bouillie !"

"J'aurais aimé qu'ils m'emmènent aussi", dit Craggy. "Je suis trop vieux pour rester assis ici par tous ces temps difficiles. Les vents violents brisent ma couche extérieure et cela ne me dérangerait pas de passer mon avenir sur une route. Au moins, j'aurais un but."

"Un but ?" s'exclame Rocky. "Tu appelles ça être écrasé et se faire écraser par des véhicules tous les jours et toutes les nuits ?"

"C'est mieux que de rester assis ici, tous les trois, pour toujours. Je suis fatigué du vent, de la pluie et de tout le reste", a déclaré Craggy.

"Si tu es si enthousiaste, dit Pebbles, tu n'as qu'à te laisser rouler du bord. Tu tomberais directement à l'arrière du camion et tu partirais avec le reste de nos amis".

"Oh, c'est trop loin", dit Rocky en se rapprochant un peu plus du bord. "Tu veux vraiment nous quitter à ce point ? Tu ne peux pas trouver un but en restant ici avec nous ? Nous avons besoin de toi. Tu es plus vieux et plus sage."

Craggy s'approcha du bord et jeta un coup d'œil par-dessus le bord. C'était vrai, le camion était juste là. Quelques perles de transpiration s'écoulaient. C'était soit des perles de sueur, soit des larmes.

"La descente est terriblement longue", dit Craggy. "Et ce ne serait pas bien de ma part de vous laisser seuls, les deux jeunes."

Pebbles dit : "Et si tu avais raté le camion et que tu t'étais écrasé en morceaux en bas ! Nous serions là-haut, avec cette vue merveilleuse, et tu serais tout seul en bas."

"D'ailleurs, dit Rocky, ils reviendront peut-être nous chercher un jour. En attendant, nous pouvons discuter et profiter de la vue et de l'air frais."

Au-dessous d'eux, le camion a redémarré.

CHUGGA CHUGGA VROOM, VROOM.

"C'est maintenant ou jamais", dit Craggy, alors que le camion s'éloigne.

"Au moins, nous sommes ensemble", dit Rocky.

"Les trois rochers se sont serrés les uns contre les autres, épaule contre épaule. Ils tournent le dos au vent, respirent l'air frais et regardent la belle vue du soleil se couchant à l'horizon.

"La morale de l'histoire, c'est que...

Ce sont les derniers mots qu'E-Z a entendus avant de se retrouver à nouveau dans ce fichu silo.

CHAPITRE TREIZE

SILO

"**B**IENVENUE !" DIT LA voix dans le mur avec une exubérance qui fit se crisper les épaules d'E-Z, comme si quelqu'un se tenait dessus. Réticent à répondre, il roula ses épaules d'abord vers l'avant, puis vers l'arrière, dans l'espoir d'atténuer la tension.

"DOT. DOT", dit une deuxième voix dans le mur, mais cette fois-ci, la voix est plus calme, presque un murmure.

Il ouvrit la bouche pour répondre, mais rien ne lui vint à l'esprit et il resta silencieux, hormis le craquement de ses doigts qui, espérait-il, soulagerait son corps tendu.

La première voix, d'un ton plus apaisant, demande : "Je vois que vous êtes tendu, inquiet. Puis-je vous offrir quelque chose pour passer le temps pendant votre attente ? Une boisson ? Un livre ? Un voyage dans votre esprit ?"

Elle était très perspicace pour une voix dans le mur, ce qui l'aida à se détendre un peu, mais il n'avait pas envie d'accepter son offre, n'ayant aucune idée de ce qu'un voyage dans l'esprit impliquerait.

"Je vois que vous hésitez..."

Il s'est redressé sur sa chaise et a tambouriné ses doigts sur les accoudoirs comme s'il jouait Smoke on the Water de Deep Purple. Son père et lui s'étaient affrontés sur une version obsolète de Guitar Hero, et ils s'étaient éclatés. En se remémorant ce moment, il avait l'impression que son père était dans le silo avec lui.

"Vous êtes sûr de ne pas vouloir un voyage dans votre esprit ?" demanda à nouveau la femme dans le mur. "Tu vas t'éclater !"

Une explosion. Il venait d'utiliser ce mot dans son esprit pour décrire le Guitar Heroing avec son père. Il ne fait aucun doute que la femme dans le mur pouvait lire dans ses pensées.

"Euh, qu'est-ce que c'est exactement ?" demande-t-il. "Je ne dis pas que je veux m'y essayer, pas avant d'en savoir plus sur ce que ça implique".

"C'est un endroit où je peux t'envoyer. Un endroit spécial où tu peux vivre un rêve."

Cela semblait incroyable... et avant qu'il ne puisse répondre...

DUH DUH DUH,

**DUH DUH DUH DUH
DUH DUH DUH
DUH DUH.**

Il était sur scène, jouant de la guitare solo, avec un groupe qu'il a immédiatement reconnu comme étant le Deep Purple original.

Le chanteur, qui avait quitté le groupe mais avait joué la guitare solo sur Smoke in the Water, ne semblait pas gêné par le fait qu'E-Z jouait maintenant son rôle et qu'il ne le faisait pas mal non plus. Le chanteur lui a levé le pouce, puis a traversé la scène jusqu'à l'endroit où E-Z était assis dans son fauteuil roulant. Ensemble, ils ont joué quelques riffs sous les cris, les acclamations et les applaudissements du public. L'instant d'après, il se retrouve à nouveau dans le silo, mais le sentiment de tension qu'il avait ressenti auparavant a complètement disparu.

"Merci ! C'était vraiment fantastique ! Je ne peux pas vous dire à quel point cela a compté pour moi. Je ne l'oublierai jamais. Jamais !" Il hésite et pense que la seule chose qui aurait pu améliorer la situation aurait été la présence de son père sur la scène avec lui.

"Désolé de ne pas avoir pu inclure votre père... mais ce n'était qu'un aperçu. Et il n'y a pas de quoi. Maintenant, restez assis. Le temps d'attente est d'une minute."

"Je pense que la vraie chose m'époustouflerait alors ! dit E-Z en penchant la tête en arrière et en revivant l'expérience, se sentant déjà si détendu qu'il aurait pu faire une sieste.

PFFT.

L'odeur était différente cette fois, de la menthe poivrée et quelque chose d'autre qu'il n'arrivait pas à identifier.

"C'est du romarin", dit la voix dans le mur.

"C'est assez rafraîchissant. Il avait les yeux fermés et dérivait dans ses pensées lorsque le toit au-dessus de sa tête s'ouvrit en bâillant. Il secoua la tête, ouvrit les yeux, se préparant à ce qui allait suivre.

Des rayons de lumière pénètrent dans le conteneur métallique, rebondissant d'un mur à l'autre. Il se couvrit les yeux pour les protéger de ce troublant spectacle lumineux. Lorsque les éclairages rebondissants ont pris fin, une silhouette est entrée par le toit ouvert. Quelle entrée elle avait faite. C'était Raphaël.

"Euh, bonjour", dit-il. "C'était une sacrée entrée".

"J'ai été promu", a admis l'archange, "et il faut faire preuve d'un certain brio. Peut-être un peu trop dans ce cas, mais c'est une promotion relativement nouvelle. Toutes les promotions ont une courbe d'apprentissage."

"Félicitations pour la promotion".

"Merci, maintenant venons-en à la raison de votre présence ici."

"Bien sûr".

E-Z attendit patiemment que Raphaël reprenne la parole, mais pendant un certain temps, elle ne le fit pas. Au lieu de cela, elle voltigeait, comme un oiseau qui teste ses ailes pour la première fois. Était-elle en train de se montrer ? Si oui, pourquoi ? C'est alors qu'il le vit : elle portait une toute nouvelle paire de lunettes. Elles étaient plus grandes, plus originales, avec une monture plus large et des verres plus épais, et lui donnaient l'air d'une version féminine de M. McGoo.

"Euh, jolies lunettes", a-t-il menti.

"Ce n'était pas mon premier choix, admit Raphaël, mais il faudra s'en contenter. Elle se rapprocha de l'endroit où il était assis et se mit à planer. "On dirait..." Elle s'arrêta et se déplaça, mal à l'aise.

SKIDOO

Une chaise est arrivée, sur laquelle elle s'est assise une seconde.

SKIDOO

Et il a disparu. Elle plana à nouveau. Elle plaça sa paume ouverte sur le côté de son visage. "Certaines choses ont été portées à notre attention. Je ne dis pas cela au sens royal, mais au sens de tous les archanges."

"Par exemple ?"

De nouveau, elle s'agite.

"Dois-je demander au mur de vaporiser de la lavande pour vous détendre ? Vous avez l'air plutôt tendu."

Puis elle s'est retrouvée face à lui en train de hurler : "LAVENDER NE FONCTIONNE PAS SUR LES ARCHANGELS ! C'est un vil, humain..." Elle prit une grande inspiration. "Je suis vraiment désolée."

"C'est bon. J'ai compris, tu as de mauvaises nouvelles à m'annoncer. Il vaut mieux arracher le pansement. Ce que je veux dire, c'est qu'il faut me le dire franchement."

"Très bien. C'est parti."

E-Z s'est rapproché : "D'accord, tirez."

Les haut-parleurs installés dans le mur diffusent une chanson qui parle de tirer sur un shérif.

Il a commencé par fredonner. ordonne E-Z. "Et dis-moi pourquoi je suis ici."

"Il veut passer aux choses sérieuses", se dit Raphaël. "Alors voilà, c'est parti. Je vais aller droit au but."

"D'accord, tu fais ça". dit E-Z, souhaitant qu'elle le fasse.

"En résumé, Eriel a été pris la main dans le sac, jouant pour les deux camps.

"Jouer à quoi ?" Puis quelque chose dans son esprit s'est mis à bouger. "Non, tu ne peux pas vouloir dire qu'il nous a trahis ?"

Elle tapote son doigt osseux sur son menton, tandis qu'E-Z ouvre et ferme la bouche comme un vairon hors de l'eau.

"Oui. Eriel était personnellement responsable de la mort de votre amie Rosalie. Il est également responsable de la destruction de la Chambre Blanche. Tout lui. Tout Eriel."

E-Z a tout absorbé. Pauvre Rosalie. "Attendez ! Il ne travaillait pas pour vous ? Je veux dire, tu n'étais pas responsable de lui ? Comment cela a-t-il pu se produire sous ta surveillance ? J'ai lu des choses sur les archanges, mais trahir des enfants qui se portent volontaires pour t'aider, c'est le moins qu'on puisse faire. Je suppose que les léopards ne changent pas de tache."

"Je n'étais pas responsable d'Eriel. Lui et moi étions des collègues, des camarades. Nous travaillions ensemble et je pensais que nous nous respections. J'avais tort."

"Et pourtant, vous avez été promu".

"Je l'étais, mais les deux choses n'étaient pas directement liées. Tout ce que je peux vous dire, c'est qu'Eriel a été l'un des nôtres, et qu'il ne l'est plus. Après nous avoir trahis, et vous avoir trahis. Après avoir tourné le dos à ses principes - tout ce que nous représentons - il est exclu. Je veux dire définitivement dehors."

E-Z sursaute. "Vous êtes en train de me dire qu'Eriel nous a démasqués ? Par nous, je veux dire moi et mon équipe ?"

"Michael, notre chef, a interrogé Eriel. Il a fallu des efforts pour le faire parler. Mais il a avoué avoir ramené les Furies sur terre. De les utiliser pour faire avancer sa cause. Il n'y a pas de rédemption. Pas de pardon pour Eriel."

"Je suis sans voix. Comment est-ce arrivé ?"

"Si nous savions comment, nous saurions pourquoi, ce qui n'est pas le cas. Ce que nous savons, c'est qu'il est Eriel et qu'Eriel fait toujours ce qui est le mieux pour Eriel. Nous savions qu'il avait des problèmes, et pourtant, nous lui avons donné l'occasion de faire ses preuves - et quand il nous a déçus, nous l'avons pardonné et lui avons donné une autre chance et encore une autre chance. Nous avons continué à croire en lui jusqu'à aujourd'hui. Il est fini. Terminé."

"Terminé ? Tu veux dire mort ? Les archanges meurent-ils ? Et pourquoi lui avoir donné autant de chances ? Tu ne connais pas le proverbe, trois coups et tu es éliminé ?"

"Oui, j'ai entendu cette terminologie de baseball, mais nous sommes des archanges et nous sommes tous censés échouer ou rechuter à un certain niveau. Et vous avez raison à propos de l'incident du jardin d'Eden. Notre histoire remonte à loin... mais nous pensions que nous faisions mieux, que nous nous améliorions. Je suis moi-même le saint patron des jeunes, comme vous et vos amis.

"C'est pourquoi j'ai suggéré que nous travaillions avec vous pour vaincre ces horribles Furies. C'est Eriel qui m'a encouragé à le faire. C'est lui qui t'a découverte. Qui a envoyé Hadz et Reiki vers toi. Jusqu'à l'arrivée de ces horribles sœurs, nous avons ajouté quelque chose de positif à vos vies... Nous vous avons donné un but. Vous souvenez-vous des moments où vous vouliez abandonner ? Vous ne l'avez pas fait parce que nous vous avons aidés à continuer."

"Ok, je comprends qu'Eriel est un méchant. Qu'est-ce que cela signifie pour moi et mon équipe ? De mon point de vue, notre mission est compromise. Nous sommes donc éliminés et je pense que vous devriez passer au plan B."

"Le problème, c'est que, dit Raphaël, il s'arrêta, tandis que le plafond se rouvrait et qu'Ophaniel arrivait en flottant vers eux, sans le moindre éclat.

Ça fait longtemps qu'on ne s'est pas vus", dit Ophaniel en s'adressant à E-Z. Puis à Raphaël, "Est-ce qu'il est à la hauteur ? Puis il s'adresse à Raphaël : "Est-il à la hauteur ?"

"Oui, il l'est. Et je suis content que vous soyez là parce qu'il veut savoir quel est notre plan B."

Ophaniel acquiesce. "Très bien. Pour être aussi clair que possible, nous n'avons pas de plan B, C ou D - parce que vous et votre équipe étiez tous nos plans réunis en un seul."

E-Z secoue la tête, incrédule. Les archanges n'ont-ils pas entendu l'expression "ne pas mettre tous ses œufs dans le même panier" ?

Ophaniel rit. "Oui, son origine vient du personnage de Don Quichotte de Cervantès, mais cela n'a jamais vraiment eu de sens pour moi. Peut-être parce que les archanges ne mangent pas d'œufs. La simple pensée de leur étoupe gélatineuse - beurk - me donne envie de vomir."

"Moi aussi", dit Raphaël en se couvrant la bouche du revers de la main. "Outre leur aspect dégoûtant, pourquoi mettre des œufs dans un panier ? Pourquoi pas dans un bol ? Si vous préparez des œufs..."

"D'accord", dit Ophaniel. "J'ai vu Jamie Oliver préparer une omelette. Il utilise d'abord un bol, puis il les fait cuire."

"Oh, mon frère, et je n'arrive pas à croire que vous, les archanges, vous regardez la télévision, et encore moins Jamie Oliver". Il secoue la tête. "Cela signifie que si vous mettez tous les œufs ensemble, au même endroit - comme un panier ou un bol ou une casserole ou ce que vous préférez - si vous laissez tomber le panier ou le bol ou la casserole - alors tous les œufs seront cassés et gâchés par les coquilles - donc vous n'aurez pas d'œufs pour le petit déjeuner."

"Mais les poules ne pondent-elles pas des œufs tous les jours ? Donc, si vous n'avez pas d'œufs aujourd'hui, vous n'avez qu'à revenir demain", a déclaré M. Ophaniel.

"Qu'est-ce qu'un jour sans œuf ? s'enquiert Raphaël.

E-Z ouvrit la main et la frappa contre sa tête. "Argghh ! Les archanges le regardèrent et attendirent qu'il inspire très profondément puis expire très bruyamment. "Qu'allons-nous faire de cette situation avec Eriel ?"

"Tout d'abord," dit Ophaniel, "voici aujourd'hui, à votre demande spéciale, vos deux amis..."

POP

POP

Hadz et Reiki, ou ce qui ressemblait à ces deux aspirants anges, arrivèrent. Ils étaient noircis de suie, de la tête aux pieds. Leurs pétales étaient déformés, déchirés, certains étaient ouverts, d'autres étaient morts et flétris. Leurs ailes s'affaissaient, comme si elles avaient oublié comment voler ou n'en avaient plus la volonté, et leurs visages exprimaient un désespoir extrême.

"Qu'est-ce qui leur est arrivé ? demanda-t-il.

Ophaniel s'approcha des deux aspirants anges déplacés et ils reculèrent.

"Vous êtes en sécurité maintenant", dit Raphaël d'une voix douce et maternelle, ce qui les fit éclater en sanglots, qui se transformèrent en gémissements.

Ophaniel se boucha les oreilles, puis se rapprocha d'E-Z et chuchota. "Eriel les avait emprisonnés. Il nous a fallu du temps pour les retrouver cette fois-ci. Les pauvres n'ont pas pu s'en empêcher car il les a privés de leurs pouvoirs."

"Les pauvres", dit E-Z.

E-Z, Ophaniel et Raphaël se tournèrent vers les créatures. Hadz et Reiki tentèrent de sourire. Ils n'y parvinrent pas.

Les deux s'agitent, comme s'ils repoussaient une meute de vautours.

"Tiens-toi tranquille, dit Ophaniel.

Hadz et Reiki cessèrent de bouger. Ils étaient maintenant assis comme deux poupées sales, les yeux fixés sur rien ni personne. Ils n'étaient plus que l'ombre d'eux-mêmes.

"Je ne veux pas être désagréable", chuchote E-Z, "mais dans leur état actuel, ils ne nous seront pas d'une grande aide. Enfin, si vous arrivez à nous convaincre de poursuivre ce plan dans ces conditions."

Les mots d'E-Z frappent les deux aspirants anges comme une gifle.

POP

POP

"Quelle impolitesse et quelle cruauté inutile !" gronda Ophaniel avant de disparaître.

ZAP

"Vous nous avez montré un côté très cruel de votre personnage E-Z Dickens et si votre mère et votre père étaient ici, ils auraient honte de vous".

"Désolé, dit E-Z, mais ne me parle plus jamais de mes parents. Pour vous, les archanges, ils sont hors limites. C'est compris ?"

Raphaël acquiesce.

"D'ailleurs, je ne voulais pas les blesser. Bien sûr, nous pouvons les utiliser. Si nous devons combattre les Furies, nous aurons besoin de toute l'aide possible. Reviens, s'il te plaît, Hadz et Reiki. Donnez-moi une autre chance."

Rien.

E-Z a réessayé. "Revenez et vous serez les bienvenus dans notre équipe.

POP

POP

Les deux hommes sont maintenant propres et bien rangés, comme avant.

"Bienvenue, dit E-Z.

Hadz et Reiki s'envolèrent vers lui. Chacun prit place sur l'une de ses épaules. Ils tremblaient, involontairement, effrayés par leurs propres ombres.

"Ça va aller", a-t-il dit. "Nous vous soutiendrons maintenant que vous faites partie de notre équipe".

Ils ont essayé de sourire, et il a apprécié l'effort.

"Alors, dit E-Z, qu'a dit exactement Eriel aux Furies à notre sujet ?

"Il leur a dit que nous envoyions des enfants pour les vaincre, c'est tout.

"C'est ce qu'il vous a dit ? Comment savoir s'il ne ment pas ? Et comment découvrir la finalité des Furies ?"

"Nous pensons savoir que le but ultime des Furies et d'Eriel était de contrôler la terre. Elles allaient frapper la PAUSE TERRE et la transformer en un nouvel Hadès, c'est-à-dire un enfer sur terre. Là où elles pourraient régner, en formant une équipe d'âmes qui seraient à leur merci. Oui, ils laisseraient les âmes vagabonder librement, mais une fois qu'elles auraient obtenu leur liberté, elles devraient y renoncer."

"Pourquoi accepteraient-ils de le céder ?", a-t-il demandé.

"Parce que les humains, même les âmes humaines, ne peuvent pas assimiler le concept de liberté. Ils préfèrent être contraints. L'absence de liberté est la couverture de sécurité de l'homme".

"C'est un mensonge", dit E-Z. "Cela me met tellement en colère ! Nous, les humains, pouvons apprécier notre liberté. Nous aimons la nature, pouvoir respirer l'air, partager nos pensées et nos sentiments avec les autres, apprécier le monde et tout ce qu'il contient."

"Assez en colère pour se battre pour sa liberté et celle des autres ? dit Ophaniel.

E-Z n'avait même pas remarqué son retour.

"Oui, dit-il. "Mais dites-moi, dans leur nouveau monde, ils ne choisiraient que les âmes qu'ils pourraient contrôler. Qu'adviendrait-il des autres ?"

"Ils flotteraient pour l'éternité, sans maison", dit Raphaël. "Dans leur nouveau monde, la vie après la mort serait éliminée. La terre serait à jamais en état de pause. Les âmes resteraient dans des corps qui ne seraient plus vivants, ni morts. Les cœurs ne battraient plus. Plus d'amour ni d'enfants à naître. Plus d'âmes à élever - plus - jamais".

E-Z est resté silencieux, réfléchissant, prenant tout en compte.

La voix dans le mur demande : "Quelqu'un veut-il un rafraîchissement ?"

"Non merci", répondit-il, mais il était heureux de cette interruption qui le ramenait à l'instant présent. "Je comprends ce qu'Eriel voulait faire avec les Furies. Le fait est qu'il est un archange comme toi, et tu savais qu'il avait des problèmes, mais tu lui as quand même donné chance après chance, même quand il ne le méritait pas. Alors maintenant, je me demande pourquoi nous devrions, moi et mon équipe, réparer ce qu'un de vos propres archanges a foiré ?"

"Parce que..." commença Raphaël.

"Je n'avais pas encore fini, dit E-Z, avant que vous et Eriel ne visitiez ma maison, qu'il ne rencontre ma famille et les autres membres de l'équipe, nous pensions qu'il était de notre côté. Il a vu où nous vivons. Il sait tout de nous. Nous sommes en grand danger à cause de lui."

"C'est vrai, dit Ophaniel.

"C'est indéniable et nous sommes vraiment désolés", a déclaré Raphaël.

"Demandez à Eriel de les rappeler. C'est lui qui a créé ce désordre, et c'est à lui de le réparer." Il abattit ses poings fermés sur les accoudoirs de son fauteuil, ce qui fit sursauter et frissonner Hadz et Reiki. Il tapota la tête des futurs anges. "C'est bon, je suis désolé de vous avoir contrariés."

"Bravo ! Hadz applaudit.

"Hourra !" cria Reiki.

Raphaël et Ophaniel dirent à l'unisson : " Eriel est retenu au plus profond des entrailles de la terre. Il est dans un endroit où aucun humain ne devrait oser aller. Bref, on ne peut pas l'atteindre."

"Mais nous nous sommes échappés des mines, une fois", dit Reiki.

"Deux fois", dit Hadz.

"Il n'est pas dans les mines, il est ailleurs, plus bas, pas aussi bas que dans les incendies, mais dans un autre endroit où il fait si froid que tout se transforme en glace, même le sang qui coule dans les veines. Un endroit où aucun humain ne pourrait survivre !

"Eriel y est également impuissant puisque les siens lui ont été enlevés. Il est sous clé, il ne voit personne. Il n'entend rien. Il ne sera jamais autorisé à sortir de cet endroit - JAMAIS."

Je veux lui parler", dit E-Z. "Je dois lui poser des questions. "J'ai besoin de lui poser des questions - des questions auxquelles lui seul peut répondre.

Raphaël et Ophaniel ont crié : " Vous ne pouvez pas ! Vous ne devez pas !"

"Alors je retire le soutien de mon équipe. S'il vous plaît, renvoyez-moi chez moi. Haruto et les autres peuvent retourner dans leurs familles." Il s'arrêta de parler alors qu'un flash des PJ et d'Arden apparaissait dans son esprit. S'il ne faisait rien, ils seraient coincés dans le coma, peut-être pour toujours.

Il se souvient de toutes les fois où ils l'ont aidé. Son premier jour de retour à l'école en fauteuil roulant. La fois où ils l'ont réintroduit dans le jeu de base-ball - tous les gars de l'équipe étaient sur le terrain pour l'accueillir. La fois où ils l'ont aidé à surmonter la mort de ses parents. Une larme coula sur sa joue. Il l'essuie.

"Prenez-le !", tonne une voix dans le mur.

Puis il fit soudain très, très froid. Si froid qu'il sentait le sang dans ses veines se transformer en glace.

CHAPITRE QUATORZE

ERIEL SUR GLACE

Tout seul. Tellement seul. Et si froid, si très très froid. C'était comme s'il était à l'intérieur d'un glaçon évidé. Lorsqu'il inspirait, la glace remplissait ses poumons.

Il est allé jusqu'au bord. Il a respiré dedans. Il s'est embué. Ce n'était pas un glaçon, c'était un cube de verre. Et il y avait une poignée. On aurait dit qu'elle était en médaille. Craignant que sa peau n'y colle, il s'est servi de sa chemise et l'a ouverte.

Ce qu'il y avait à l'intérieur, c'était une collection de couvertures chaudes, de duvets, de cardigans, de bonnets, de gants - tout ce qu'il y avait. Il se mit à l'œuvre et s'habilla.

Alors qu'il enfilait ses bras dans le cardigan, son esprit se remémora la fois où son père avait porté un pull similaire lors d'un séjour au ski. Il était vert, comme celui-ci, et à l'extérieur, il était rugueux au toucher, mais à l'intérieur, il était aussi chaud qu'un toast. Alors qu'il l'enroulait autour de lui et boutonnait le devant, l'odeur de chêne de la lotion de rasage préférée de son père lui emplit les narines. Il sentait la lotion de rasage de son père. Une forte impression de déjà-vu l'envahit lorsqu'il enfonce ses doigts dans une paire de gants de velours noir - des gants qui, il le jure, ont appartenu à son père. Mais ce n'était pas possible, puisque tout avait été détruit dans l'incendie. Il enroula ses bras autour de lui, essayant de se réchauffer. Il se dit que c'était le froid qui prenait possession de son corps et de son esprit.

Il repoussa d'autres objets et découvrit au fond de la boîte une couverture qu'il reconnut immédiatement. Tricotée à la main par sa mère sur le canapé, nuit après nuit, et une fois terminée, elle avait pris sa place sur le dossier du canapé en cuir. Pour les soirées cinéma et pour se couvrir les yeux si quelque chose d'effrayant se produisait.

Il enleva les gants et le toucha, pour s'assurer qu'il était bien réel, puis l'effleura sur sa joue. L'odeur fleurie du parfum de sa mère lui parvint, le réconforta. Une larme coula sur sa joue, tandis qu'il remettait les gants, puis enroulait la couverture de sa mère autour du gilet de son père. Il porta la couverture comme une capuche et observa ce qui l'entourait.

Au-dessus de sa tête, des stalactites de glace de toutes tailles et de toutes formes pointaient vers le bas avec leurs pointes acérées. Si l'une d'entre elles tombait, elle transpercerait le sommet de son crâne et le traverserait jusqu'aux orteils. Il regrette de ne pas avoir un chapeau de chantier.

BINGO

Un casque jaune est apparu sur sa tête, puis un autre et encore un autre. Il se sentit comme Curious George et sourit. Maintenant, il était prêt à tout.

Il chercha une porte en longeant les parois du cube. Aucune poignée n'était visible. Dans quel genre de prison l'avait-on jeté ?

Enfin, il trouva des arêtes, au centre du mur de droite. Il enlève un gant et gratte avec son ongle la surface de ce qu'il découvre bientôt être une fenêtre. Ce qu'il vit ne le rendit pas moins anxieux. Son cube était l'un des nombreux qui s'étendaient à perte de vue le long du tunnel. Aucun occupant n'était visible derrière les fenêtres vitrées de son propre cube.

Il souffla sur la vitre et écrivit le mot "HELP !" à l'envers au cas où quelqu'un le verrait. Puis il l'effaça rapidement en se souvenant de la personne qu'il était venu voir : Eriel.

E-Z se déplaça le long de l'avant du cube, jusqu'au côté le plus éloigné, et trouva une fois de plus un cadre qui, il en était certain, était une fenêtre. Il gratta la surface et trouva bientôt celui qu'il cherchait : le traître.

L'archange autrefois puissant avait l'air pathétique, comme si quelqu'un l'avait piqué avec une épingle et en avait fait sortir tout l'air. Son corps était fixé au mur. Au début, E-Z pensait qu'il était retenu par la gravité ou une force invisible, mais en y regardant de plus près, il se rendit compte que le corps entier d'Eriel était contenu dans un épais bloc de glace. Le cube d'Eriel avait été moulé à son corps, et l'eau glacée remplissait donc chaque recoin de sa forme, et lui, contrairement à E-Z, n'avait pas accès à des couvertures.

CLANK. CLANK. CLANK.

E-Z tourna le cou vers la gauche lorsqu'il entendit des bruits de pas se répercuter. Il sentait que la chose se rapprochait, mais il ne la voyait pas.

CLANK. CLANK. CLANK.

E-Z secoue la tête. Il devait se concentrer, rester dans l'instant présent, et pourtant, il éprouvait à nouveau une étrange sensation de déjà-vu.

Son esprit revint au rêve qu'il avait fait il y a quelque temps, à propos d'une fête d'anniversaire avec PJ et Arden. Dans ce rêve, une silhouette encapuchonnée était arrivée en faisant un bruit similaire. Le rêve portait sur la recherche d'une casquette de base-ball manquante.

Alors que le bruit devient assourdissant, il entrevoit la silhouette, un guerrier plus grand que nature avec des ailes de la taille de deux érables adultes. Dans une main, l'archange portait un bouclier d'or et dans l'autre une épée. E-Z se protégea les yeux lorsque la lumière frappa la coque de l'épée.

CLANK. CLANK. CLANK.

L'archange guerrier s'arrêta devant Eriel, qui ne leva pas les yeux pour croiser le regard du nouveau venu.

Jusqu'à ce qu'il s'arrête, E-Z n'avait pas remarqué les immenses ailes de l'archange qui, pendant qu'il marchait, étaient restées au repos. A présent, le guerrier se redressa, de sorte que ses visages et ceux d'Eriel se trouvèrent au même niveau.

"Vous avez un visiteur", dit-il.

Les yeux d'Eriel restent baissés.

"Tes yeux ne me trompent pas", dit le guerrier. "Tu t'es fait honte à toi-même. Tu nous as fait honte à tous - et pourtant, tu n'es pas désolé, tu ne te repens pas. Parle-moi. Dis-moi pourquoi je devrais t'autoriser à recevoir un visiteur."

Eriel continua à regarder le sol, tandis qu'il marmonnait quelque chose d'inaudible.

"Parlez !" demande le guerrier.

"Je me repens !" cracha Eriel. "Je me repens d'avoir échoué à..."

"Silence !" demande le guerrier.

CLANK. CLANK. CLANK.

Le guerrier se trouve maintenant de l'autre côté de la vitre, face à face avec E-Z.

"Je suis Michael", dit-il.

"Euh, bonjour, je suis E-Z." Il connaissait la voix de cet homme. C'était lui qui avait ordonné à Raphaël et Ophaniel de le laisser parler à Eriel.

"Lève-toi", dit Michael.

"Je ne peux pas marcher", a-t-il dit.

Tu peux si je le dis", a révélé Michael, "et je le dis". Lève-toi E-Z Dickens !"

E-Z se sentait comme l'un de ceux qui se préparent à être guéris lors d'une cérémonie à la télévision. À contrecœur, il se leva de sa chaise. Ses jambes vacillaient un peu, plus par peur que par incrédulité. Après tout, Michel était l'archange le plus puissant. Quelques secondes plus tard, E-Z se tenait debout à l'intérieur du mur de glace.

"Vous avez demandé à parler à cette chose, cette chose tombée là-bas sur le mur. Il ne t'aidera pas car il est pourri jusqu'à la moelle. Et pourtant, il DEVRAIT vous aider. Il DEVRAIT nous aider tous pour éviter de devenir une sculpture de glace, un élément permanent de cet endroit."

À chaque mot prononcé, la voix de Michael fait se sentir E-Z plus fort et plus confiant.

Eriel leva les yeux.

L'espace d'une seconde, E-Z entrevoit quelque chose. Était-ce une défaite ? Du remords ?

Eriel ferma les yeux tandis que son corps se relâchait dans la prison de glace qui le retenait.

"Je crois qu'il s'est évanoui", dit E-Z.

CLANK. CLANK. CLANK.

Michael retourna voir de plus près sa prison de glace. Un serpent sortit du haut de sa botte et commença à ramper vers le visage d'Eriel. La chose rampait vers le haut, vers le haut, avec sa langue fourchue qui bougeait d'avant en arrière comme si elle était avide de sang.

Michael dit : "Le corps de mon ami est en train de fondre vers ton visage, Eriel. Tu ne vas pas ouvrir les yeux et dire bonjour ?"

Eriel ouvrit les yeux, et voyant le serpent se frayer un chemin le long de son corps, il poussa un cri.

"GARUUUUUUUUUUUMMMMMMM !"

Michael claqua des doigts et le serpent cessa de bouger. Avec son ongle, Michael gratta la glace. A l'intérieur, le corps d'Eriel vibrait. Comme s'il était électrocuté.

"MMMMM, hhhhh, MMMMMMM !"

"Stop !" E-Z se couvre les oreilles. "S'il vous plaît !"

Michael cessa de scander. Il leva le bras, et le serpent s'enroula autour de sa botte et s'y glissa.

"Ce garçon a de la pitié pour toi, Eriel. C'est plus que ce que tu mérites."

Eriel continua à gémir de désespoir.

Michael poursuit en se tournant vers E-Z : "Je vous donne cinq minutes pour poser toutes vos questions à Eriel."

Nous pouvons vous obliger à lui parler, mais je préférerais que vous choisissiez de l'aider de votre plein gré. Il fut un temps où tu as choisi de sauver la vie de ce jeune garçon. En retour, il a remboursé sa dette. Maintenant, vous nous avez trahis et vous devez regagner notre confiance."

Michael leva le pied et frappa la structure de glace dans laquelle Eriel était enfermée. Celle-ci trembla, mais ne se fissura pas.

"Vous me dégoûtez ! Vous attendez de ce garçon humain qu'il répare vos erreurs. Qu'il répare vos erreurs. Pourtant, il veut vous donner une chance de répondre à ses questions. Alors, aide-le. C'est votre seule chance, votre seule opportunité de nous prouver que vous avez encore quelque chose en vous qui mérite d'être sauvé. Une partie de toi qui n'est pas encore pourrie jusqu'à la moelle."

Eriel a levé les yeux, "Sire". Il les baissa à nouveau.

"Vous pouvez être pardonné, mais si vous choisissez de ne pas l'aider, votre manque de coopération sera dûment noté."

Les yeux d'Eriel restèrent fixés sur le sol.

"Vous comprenez ? demanda Michael. Comme Eriel ne répondait pas, la voix de Michael tonna : "COMPRENDREZ-VOUS ?"

Il semblait à E-Z que la glace tout autour de lui tremblait au seul son de la voix de Michael et il était une fois de plus reconnaissant pour tous les casques qui protégeaient son crâne. Il espérait qu'ils suffiraient, sinon il serait enterré ici avec Eriel et Michael pour toujours et il ne reverrait jamais l'Oncle Sam, ni ses amis.

Eriel acquiesce.

"Cinq minutes", dit Michael.

CLANK. CLANK. CLANK.

Et il est parti.

Eriel et lui étaient seuls.

E-Z s'est rapproché d'Eriel et a demandé : "Comment pouvons-nous battre les Furies ?"

Eriel ouvrit la bouche pour parler, mais ne dit rien. Il ferma les yeux.

"S'il vous plaît", supplie E-Z. "S'il vous plaît, aidez-nous."

CLANK. CLANK. CLANK.

Michael était déjà de retour. Cela ne devait pas faire cinq minutes - pas encore. Il n'avait rien appris, rien du tout, d'Eriel.

Eriel, les dents serrées, murmura trois mots : "Utilise les lunettes de Raphaël".

"Quoi ? hurle E-Z en frappant de ses poings le mur de glace. "Comment ?

L'instant d'après, il était de nouveau dans l'embrasure de la cuisine. Il ne portait plus les vêtements de ses parents, mais les odeurs combinées de la lotion de rasage de son père et du parfum de sa mère persistaient. Il se serra dans ses bras et écouta Charles lui expliquer la morale de son histoire.

"La morale de mon histoire", dit Charles, "c'est que tout est meilleur quand on a des amis avec qui le partager".

"Oh", dit E-Z, lorsque Samantha annonce que le petit déjeuner est servi.

"Faites la queue ici. Prenez une assiette, une serviette et des couverts. Servez-vous", dit-elle. "C'est un smorgasbord".

Sobo dit "Sumogasubodo !" à Haruto qui couine de joie.

"J'ai préparé des sushis", dit Samantha. "C'était ma première fois.

Sobo acquiesce : "Merci, mais la prochaine fois, laisse-moi t'aider."

Samantha acquiesce : "Ce serait merveilleux."

E-Z avance sa chaise.

L'oncle Sam chuchote en marchant à côté de lui : "Où es-tu allé ? Je veux dire que tu étais là, et que ta chaise était là, mais tu étais aussi ailleurs, n'est-ce pas ?".

"Euh, oui, je vous expliquerai plus tard. J'ai besoin de temps pour assimiler tout ce qui s'est passé. Donnez-moi quelques minutes. Oh, et au fait, merci."

"Pour quoi ?" demande Sam.

"Pour le petit-déjeuner, c'était comme au bon vieux temps. C'était amusant".

"Faisons en sorte de le refaire bientôt".

"Certainement", dit-il en se dirigeant vers sa chambre.

CHAPITRE QUINZE

HOME SWEET HOME (MAISON DOUCE)

MAINTENANT QU'ILS ÉTAIENT SEULS, il était bon de savoir qu'Eriel n'était plus une menace physique pour eux. Il avait été mis hors d'état de nuire grâce à Michael, mais seulement après avoir trahi tout le monde.

Eriel était allé trop loin, mais pourquoi ? Pourquoi aurait-il trahi les siens ? Sachant pertinemment que Michael était plus puissant que lui. Cela n'avait aucun sens.

POP.

POP.

"Il a dit : "Bienvenue à la maison !

Hadz et Reiki ont atterri devant lui sur le lit, "Merci, E-Z. Vous nous traitez toujours avec gentillesse. Tu nous traites toujours avec gentillesse."

"Je suis désolée qu'Eriel ait été si terrible avec vous. C'est bien qu'il soit enfermé maintenant. C'est ce qu'il mérite."

"Que pensez-vous d'eux ? demande Hadz.

"Je ne suis pas sûr de ce que vous voulez dire".

"Nous avons envoyé la caisse."

"Oh, peut-être que ça n'a pas marché", dit Reiki.

"C'était toi ?" Les yeux d'E-Z se sont mis à pleurer.

"Heureux qu'il soit arrivé à bon port", dit Hadz, tandis que les sourires des deux aspirants anges s'étirent sur leurs visages au point d'atténuer le reste de leurs traits.

"Merci beaucoup. Je pensais que tout ce qui appartenait à mes parents avait été détruit dans l'incendie". Il prit une grande inspiration en luttant contre les larmes. "J'aurais aimé pouvoir les ramener ici avec moi. Même si cela signifiait beaucoup, ne serait-ce que de l'avoir pour..."

ZAP.

"Tout ce que vous aviez à faire, c'était de le dire. Ils sont à vous, après tout", ont-ils déclaré.

Elle était là, au bout de son lit. La caisse de ses parents, ou ce qu'ils appelaient leur boîte à couvertures. Elle contenait les trésors qu'il avait accumulés quand il était enfant. Et maintenant, c'était à lui. Un coffre à trésors tangible rempli de souvenirs de ses parents.

"Mais comment ? demande-t-il.

"Nous avons réussi à sauver quelques objets en faisant des allers-retours lorsque la maison brûlait", a déclaré M. Hadz.

"Nous avons décidé de les garder en sécurité pour vous, jusqu'à ce que vous soyez prêt à les récupérer. Nous espérons que le moment était bien choisi."

Comme dans un rêve, il se dirigea vers le coffre et en ouvrit le couvercle. Un effluve de l'après-rasage musqué et boisé de son père, mélangé au parfum doux et citronné de sa mère, l'accueillit comme une étreinte. Soucieux de ne pas tout laisser s'échapper d'un coup, il referma doucement le couvercle.

"Je ne vous remercierai jamais assez. Je ne pourrai jamais vous remercier. Je reviendrai sur tout, une autre fois. Encore une fois, merci beaucoup à vous deux." Il tendit les bras et les deux aspirants anges s'y engouffrèrent.

"Il devient trop bavard", a dit Hadz.

"Quelqu'un t'a dit que tu avais besoin d'une coupe de cheveux ? demande Reiki.

E-Z s'est peigné les cheveux et a tapoté la partie centrale qui, à cause du froid glacial qui règne dans les entrailles de la terre, se dressait comme les poils d'une brosse. "Ça va mieux ?

"Un peu", dit Hadz.

"D'accord, je dois me concentrer. Les autres vont bientôt venir ici pour faire le point sur la situation d'Eriel. Je dois leur parler de Michael. Tu penses qu'ils seront impressionnés que je l'ai rencontré ?"

"Peu importe qu'ils soient impressionnés, dit Hadz. "Ce qui compte, c'est de savoir si Eriel vous a dit quelque chose d'intéressant."

"Oui, mais j'essaie toujours de comprendre ce qu'il voulait dire."

"Dites-nous, nous pourrons peut-être résoudre le mystère !"

"Qu'est-ce que cela veut dire ? demande Alfred en entrant dans la pièce avec son bec.

"Entrez", dit E-Z.

Alfred est entré en se dandinant. C'était la saison de la mue et quelques plumes voltigeaient derrière lui. "Bonjour Hadz, bonjour Reiki."

Ils ont répondu : "Bonjour".

"Longue histoire, mais pour aller droit au but, j'ai été rappelé au silo où Raphaël et Ophaniel m'ont mis au courant d'une situation concernant Eriel. Il a travaillé de tous les côtés. Il s'est fait passer pour notre allié, celui des archanges et celui des furies. Ne vous inquiétez pas, sa trahison a été découverte et il a été capturé et emprisonné. Il est gardé par l'archange Michael qui m'a permis de parler brièvement à Eriel."

"Et qu'a dit Eriel ? demande Alfred.

"Je n'ai eu le temps de lui poser qu'une seule question. Je lui ai donc demandé comment nous pouvions battre les Furies. C'est pour ça que je suis venu ici, pour réfléchir à ce qu'il a dit."

"Ah, vous vouliez être seule ?" demanda Alfred. "Viens Hadz et Reiki, on va donner à E- un peu de calme et de tranquillité." Il se dirigea vers la porte, mais ils restèrent sur place.

"Un problème résolu est un problème partagé", chantaient-ils.

"C'est vrai. Et c'était la morale de l'histoire de Charles".

"Très bien, rassemblez-vous." Il fit une pause, puis dit : "Eriel a dit que nous devrions utiliser les lunettes de Raphaël."

"C'est ça, c'est ça ?" dit Alfred. "Je comprends que vous ne soyez pas sûr de ce qu'il a voulu dire. C'est très vague."

"Je sais. Et il n'a pas dit comment les utiliser."

Hadz se penche et murmure quelque chose à Reiki.

POP.

POP

Et ils sont partis.

"Peut-être, commencez par le début. Dites-moi exactement ce qu'Eriel vous a dit."

"Je l'ai déjà fait. Il m'a dit d'utiliser les lunettes de Raphaël. Et c'est tout. Michael nous a fait chronométrer. Au début, je pensais qu'Eriel n'allait pas dire un mot. Il a dit ces trois mots et le temps s'est écoulé. L'instant d'après, j'étais de retour ici."

Alfred fait les cent pas et remarque la boîte de couvertures au bout du lit. "Qu'est-ce que c'est ?"

"Il appartenait à mes parents", dit E-Z en retenant ses sanglots. "Hadz et Reiki l'ont sauvé du feu. Ils m'ont juste dit qu'ils l'avaient sauvé pour moi - ils ont même risqué leur vie."

"C'était tellement," il a pleuré, "attentionné de leur part. Tu as déjà traversé cette épreuve ?"

"Non, mais je le ferai."

"Comment était Michael ?"

"Il a beaucoup cliqueté quand il a marché. Cela m'a rappelé le rêve que j'ai fait à propos de PJ, Arden et de la guillotine."

"Oh, je me souviens que tu nous as raconté ce rêve. Etait-il aussi effrayant que le bourreau ?"

"Michael était très en colère et à juste titre. Eriel l'a trahi, ainsi que tous les archanges et nous. Ce que je ne comprends pas, c'est ce qui pouvait valoir un tel risque."

"Le pouvoir - certaines personnes feraient n'importe quoi pour l'obtenir. Mais ce que nous devons découvrir, c'est comment utiliser les lunettes de Raphaël pour arrêter le plan qu'Eriel et les Furies ont mis en place."

E-Z les a retirées de son visage. Lorsqu'il les portait, le sang ne pulsait pas et ne se déplaçait pas dans la monture, comme c'était le cas lorsque Raphaël les portait. Sur lui, elles étaient comme n'importe quelles autres lunettes.

"Ordonnez aux lunettes de faire quelque chose", suggère Alfred.

"Les lunettes disparaissent, ordonne E-Z.

Il les a laissées tomber et elles ont atterri sur le sol.

E-Z soupire. Deux têtes ne valaient décidément pas mieux qu'une dans ce cas. Il rit.

"C'était bon de revoir Hadz et Reiki. Sont-ils là pour rester ? Je veux dire, pour nous aider ?"

"Ils le sont, mais ils ont traversé beaucoup d'épreuves ces derniers temps et ils souffrent peut-être du syndrome de stress post-traumatique (SSPT).

"Oui, je sais. Qu'est-ce qui s'est passé ?"

"Eriel est arrivé, voilà ce qui s'est passé. Il a semé le chaos et le chaos sur la Terre et partout ailleurs, à ce qu'il paraît." E-Z marqua une pause. "Et si j'utilisais les lunettes pour changer de forme ?"

"Et faire quoi ?"

"Si je pouvais changer de forme, je pourrais rendre visite aux Furies en tant qu'Eriel."

"Cela ne fonctionnerait que s'ils ne savaient pas qu'il avait été arrêté", a déclaré Alfred.

"Oui, mais s'ils ne savaient pas. Pensez aux dégâts que je pourrais faire. Je pourrais entrer là-dedans. Ils penseraient que je suis de leur côté. Et je pourrais me retourner contre eux. BAM, je pourrais les mettre hors-jeu !"

POP.

POP.

"Ce serait bien trop dangereux ! s'écrie Hadz.

"Trop dangereux !" Reiki lui fait écho.

"D'ailleurs, nous avons une autre idée."

"Dites-nous", dit E-Z.

"Ils ont recréé la Chambre blanche, alors nous y sommes retournés pour voir s'il y avait des livres sur les lunettes de Raphaël.

"Et ? Il y avait un livre ?"

"Non, dit Hadz.

"Mais nous avons trouvé ceci", dit Reiki.

Il s'agit d'un minuscule livret, de la taille de l'extrémité de l'index d'E-Z. Le titre sur le dos est le suivant : "Le livre est un outil de travail. Le titre sur le dos était le suivant : "Le premier livre d'Hénoch de Raphaël" : *Le premier livre d'Hénoch de Raphaël.*

Hadz et Reiki feuilletèrent les pages, car le livre avait la taille idéale pour qu'ils puissent le tenir ensemble.

"Hadz lit à haute voix : "Le but de Raphaël était de guérir la terre que les anges déchus avaient souillée."

"Tu te souviens que Raphaël a dit que je ne pouvais faire appel à elle que lorsque la fin était proche ? Peut-être que les lunettes ne me révèleront leurs pouvoirs que lorsqu'elles seront nécessaires."

"Exactement", approuvent Hadz et Reiki.

"Je pense que nous avons besoin d'une séance de brainstorming avec les autres, mais votre idée de changer votre apparence pour celle d'Eriel est bonne", dit Alfred. "Il faudrait juste que nous trouvions un moyen de te soutenir pendant que tu le fais, pour que tu sois en sécurité.

"C'est une mauvaise idée", a déclaré M. Hadz.

"Une très mauvaise idée !" dit Reiki.

"Comment cela ? demande Alfred.

"D'abord, tu ne sais pas ce que les Furies savent."

"Ou ne sait pas."

"Deuxièmement, il pourrait s'agir d'un piège."

"Un piège orchestré par Eriel et les Furies."

"Troisièmement, et c'est le plus important,"

"Eriel est terrifiée par Michael."

Ils ont dit à l'unisson : "Les lunettes de Raphaël doivent être la clé de tout. Eriel cherche le pardon et la rédemption auprès de Michael et des autres archanges. C'est son seul espoir. Tu es son seul espoir. C'est pourquoi nous pensons qu'il vous a dit la vérité."

"Mais si les Furies ne sont pas au courant de la situation d'Eriel ? Alors qu'elles sont dans l'ignorance, nous avons un avantage ici", dit Alfred.

"Je suis d'accord", dit E-Z.

Lia passa la tête dans la pièce, suivie par le reste de la bande. "Qu'est-ce qu'il y a ? demanda-t-elle.

"Entrez et je vous expliquerai. Oh, et fermez la porte derrière vous."

"Cela semble douteux", dit Lia. Elle remarqua Hadz et Reiki et les salua. Puis elle referma la porte derrière eux et la verrouilla.

CHAPITRE SEIZE

CE QU'IL FAUT FAIRE

"PRENEZ PLACE, METTEZ-VOUS à l'aise", dit-il, tandis que tout le monde s'entasse sur son lit. "Tout d'abord, pour ceux qui ne les ont pas encore rencontrés, voici Hadz et Reiki. Ce sont des amis et des anges en herbe. Ils ont été désignés pour nous aider."

Haruto s'est incliné, Lachie a dit : "Bonne journée !" Charles et Brandy leur serrent la main.

Après les présentations officielles, l'équipe s'est assise sur le côté du lit. E-Z a trouvé qu'ils ressemblaient à des passagers attendant un bus.

"Nous sommes tous ici pour vaincre les Furies. Mais il y a des informations récentes que nous devons prendre en compte. avant d'aller de l'avant."

"Qu'est-ce que tu veux dire ? demande Lia. "Est-ce que tu suggères que nous pourrions nous retirer ?"

E-Z se racle la gorge.

"Il est préférable que vous me laissiez tout vous dire, puis vous pourrez poser des questions. J'aurais probablement dû commencer par cela. Mais je suis encore en train de tout assimiler moi-même." Il hésite. "Ce que je veux dire, c'est qu'il faut me laisser un peu de répit, car la situation est délicate et encore plus difficile à expliquer."

Tout le monde a acquiescé et il a continué.

"Eriel a été arrêté par les archanges. Il les a trahis et nous a trahis. Il n'est plus une menace pour nous, mais il a compromis notre mission. Le problème, c'est que nous ne savons pas à quel point. Mais nous en savons plus sur ses intentions : prendre le contrôle de la Terre par tous les moyens. Affronter les archanges pour y parvenir, c'était prendre un certain risque - même s'il avait les Furies de son côté."

Un souffle audible de tout le monde l'a fait s'arrêter un instant ou deux avant qu'il ne poursuive.

"Les archanges lui ont tourné le dos. J'ai rencontré Michael, qui dirige les archanges, et il était dégoûté par Eriel. Et Eriel était terrifié par lui."

D'autres halètements sont audibles.

"Notre plan A consistait à piéger les Furies dans l'environnement de jeu. Eriel était au courant de ce plan. En fait, il nous a encouragés à le mettre en œuvre. Nous devons donc passer au plan B. Le fait même qu'il ait été au courant du plan A suffit pour que nous l'écartions."

Plus de halètements et un "Oh non !".

"Je sais que vous pensez à l'évidence : nous n'avons pas de plan B. Eh bien, nous n'en avions pas. Mais maintenant, nous en avons un. Cela vous choque-t-il de savoir que notre plan B est sorti de la bouche de notre traître ?"

Tous ont acquiescé.

"Comme je l'ai dit précédemment, j'ai rencontré Michael. C'est lui qui a suggéré à Eriel de faire preuve de clémence à son égard, si et seulement si, il nous aidait.

"Michael ne nous a laissé que cinq minutes ensemble. Et pendant la majeure partie de ce temps, Eriel n'a rien dit. Puis, alors qu'il était sur le point d'expirer, il a prononcé trois mots : "Utilise les lunettes de Raphaël", et c'est tout. Je me suis souvenu un peu plus tard que Raphaël avait dit que Charles pourrait être notre arme secrète, alors avec les lunettes, nous pourrions avoir deux armes dont ils n'ont pas connaissance.

Charles sursaute.

E-Z remercie Charles d'un signe de tête.

"Mais avant de réduire le champ d'action et de faire du brainstorming, nous devons avoir une vue d'ensemble et décider si c'est notre combat. S'il s'agit de quelque chose dans lequel nous voulons encore nous impliquer en tant qu'équipe.

"C'est grâce à Eriel que je suis en vie aujourd'hui. Il m'a sauvé et m'a dit que j'avais une dette envers lui et les autres archanges. Pour m'acquitter de cette dette, j'ai accompli plusieurs épreuves. Alfred et Lia sont arrivés et ensemble nous avons formé les Trois. Puis nous nous sommes séparés à leur demande.

"Nous avons créé notre propre site web de super-héros et nous avons aidé les gens. Jusqu'à ce que les archanges nous demandent de les aider à vaincre les pirates Soul Catcher. Avec le temps, nous avons appris qui ils étaient : Les Furies, des déesses grecques puissantes et maléfiques qui étaient revenues.

"Hadz et Reiki m'ont emmené en reconnaissance pour me montrer leur quartier général dans la Vallée de la Mort. Là, j'ai vu de mes propres yeux le stockage de conteneurs remplis d'âmes d'enfants. Plus tard, PJ et Arden nous ont été enlevés. Leur état n'a pas changé. Et nous avons vu de nos propres yeux, grâce à Raphaël, ces méchantes déesses à l'œuvre.

"Les Furies sont des adversaires de taille. Si nous les combattons, nous risquons de mourir. Bien sûr, ce n'est pas une information récente, mais cela vaut-il la peine de risquer nos vies maintenant qu'Eriel nous a trahis ?

"En prenant tout en considération, et surtout, en sachant que nous avons deux armes secrètes de notre côté. Des armes dont nous ne savons pas comment les utiliser. Nous sommes peut-être en bonne position pour gagner ce combat. Si nous restons unis et si nous nous soutenons les uns les autres. Si nous sommes prêts à risquer notre vie pour le bien de tous. Pour le bien de la terre, pour sauver la terre. Qu'en dites-vous ?"

Ensuite, tout le monde - à l'exception d'Alfred - rebondit sur le lit en disant "Un pour tous et tous pour un !".

E-Z lève la main. "

"Tous ceux qui sont en faveur de la lutte contre les Furies disent : Aye."

La décision a été prise à l'unanimité.

Sobo frappe à la porte et demande : "Je peux peut-être vous aider aussi."

CHAPITRE DIX-SEPT
DEMANDEZ À CHARLES DICKENS

BRANDY SE MOQUE AUDIBLEMENT, ce qui fait que tout le monde dans la salle regarde dans sa direction. Maintenant qu'elle avait l'attention de tout le monde, elle demanda : "Et comment toi, une personne âgée, vas-tu aider notre équipe de super-héros à battre les trois puissantes déesses maléfiques ?"

Un halètement retentit dans la pièce, ce qui poussa Haruto à se déplacer rapidement du côté de son Sobo. Il attrapa sa main et la serra contre son cœur.

Sobo, qui ne s'est pas laissé impressionner par l'ignorance de Brandy, murmure des paroles apaisantes en japonais à son petit-fils.

"S'excuser", demande E-Z.

"Ce n'est pas grave, dit Sobo. "Elle a raison, je ne suis peut-être pas un super-héros comme vous tous, mais tout le monde dans cette vie a quelque chose à donner."

"Désolé, Sobo", dit Brandy. Elle ne s'est pas arrêtée là. "Ce que je voulais dire, c'est que..."

"Fermez-la !" s'exclame Lia. "Entrez dans Sobo."

"Nous avons besoin de toute l'aide possible", a déclaré E-Z.

Charles se lève et propose sa place à Sobo et Haruto.

"Merci", dit Sobo, et elle et son petit-fils s'assoient côte à côte sans parler pendant quelques instants.

"Tu te sens assez bien ?" demanda Haruto.

"Oui, mon petit, dit Sobo. "Moi aussi, j'ai un super pouvoir. Ce superpouvoir s'appelle la transformation. J'ai vécu de nombreuses vies et joué de nombreux rôles... à chaque vie, j'apprends quelque chose de nouveau. Je suis ouvert à l'apprentissage, c'est le but de la vie. J'offre ma vie ; je ferais n'importe quoi pour vous sauver. Vous tous."

"Même moi ?" demande Brandy.

Sobo rit. "Surtout toi, mon enfant."

Brandy traverse la pièce et passe ses bras autour du cou de Sobo. "Je vous remercie. Mais pourquoi moi en particulier ?"

Haruto se leva et, les mains sur les hanches, s'exclama : "Parce que tu es un cinglé !".

Tout le monde a ri, y compris Brandy.

Sobo a répondu : " Parce que tu n'as pas peur. Oui, l'intrépidité est une émotion puissante, mais tu dois apprendre la patience. Tu as besoin des deux pour survivre dans ce monde. Avec les deux, tu deviendras encore plus une force avec laquelle il faut compter. La vie est faite de changements, de l'intérieur vers l'extérieur, de l'extérieur vers l'intérieur. Apprenez. Grandissez. Nous devons être comme les arbres, changer avec les saisons, plier avec le vent."

"C'est très beau", a déclaré Charles.

"Mais le monde est rempli de bons et de méchants", a déclaré Sobo. "Il doit en être ainsi. L'un doit exister pour que l'autre existe. Et nous, toi, moi et tous ceux qui sont ici, nous ne devons nous battre que pour le côté du bien. Dans ce monde, il ne peut y avoir qu'un seul vainqueur. Ce vainqueur doit être pour le bien de toute l'humanité."

Sobo s'est arrêtée de parler. Pendant qu'elle reprenait son souffle, les autres restèrent silencieux, attendant qu'elle continue.

"La raison pour laquelle je suis ici", poursuit Sobo, "c'est pour apporter les salutations de Rosalie".

"Toi et Rosalie, Sobo, mais comment ? demanda Lia.

"Rosalie m'est apparue en rêve. Comment ai-je su que c'était elle ? Parce qu'elle me l'a dit. Les rêves sont de puissants révélateurs. Les esprits traversent les mondes et se mêlent à nous pour être avec nous, ou pour nous dire des choses que nous ne connaissons pas, comme des avertissements, des prémonitions.

Rosalie voulait nous aider à mener la bataille, à nous battre et à gagner."

"Oui, dit E-Z. "Je rêve souvent de mes parents. Parfois, ils me révèlent des choses, ou me disent des choses qu'ils ne pouvaient pas savoir. A moins qu'ils ne partagent ma vie avec moi".

"Oui, l'amour est une émotion puissante qui n'a pas de frontières. Ceux que vous aimez vous chercheront, vous trouveront, vous aideront, même dans les moments les plus sombres."

"Est-elle heureuse ?", demande Lia.

Sobo sourit. "Le bonheur n'est pas tout. Laissez-moi vous dire qu'elle est elle-même. C'est tout ce que vous avez besoin de savoir. Et en tant qu'elle-même, en tant que vaisseau qui se bat du côté du bien, elle croit en vous, M. Charles Dickens. Vous êtes notre pouvoir."

"Moi ?" demande Charles.

"Oui, Charles. Emmène-nous à la bibliothèque. La bibliothèque dans les nuages."

"Je n'en ai jamais entendu parler. Je ne peux pas vous y emmener. Elle a dû me confondre avec l'un des autres."

"Quelle bibliothèque ?" demande Brandy.

"Et pourquoi est-il dans les nuages ? demanda Lia.

"J'y suis allé", dit Sobo. "C'est très ancien et c'est protégé... seuls ceux qui savent savent."

"Je ne suis pas l'un d'entre eux", a déclaré Charles.

"Tu as juste besoin d'un peu d'aide", dit Sobo. "Donne-lui les lunettes de Raphaël et il sera alors au courant."

"Attendez une minute", dit E-Z. "Comment es-tu arrivé là ?"

"Vous ne me croyez pas ?" Sobo sourit. "Rosalie m'y a emmené en rêve... c'est un esprit... et elle m'a guidé comme un marcheur de rêve."

"Vous êtes sûr que ce n'était pas un souvenir qu'elle partageait à propos de la Chambre Blanche ?"

"Certainement pas. Comment le sais-je ?" demanda Sobo. "Parce que Rosalie m'a dit qu'elle ne voulait jamais retourner à l'endroit où elle a été assassinée par ces sœurs vicieuses.

"C'est logique, et pourtant, quelque chose que Raphaël a dit à propos de ne jamais remettre les lunettes - à qui que ce soit - me fait craindre d'aller à l'encontre de ses souhaits."

"Et si Rosalie ne fait pas partie de ceux qui sont au courant ? demande Sobo. "Sommes-nous censés laisser passer l'occasion d'augmenter nos chances de vaincre les Furies en rejetant les dernières informations de Rosalie, une amie de confiance et une confidente ?"

"Dis-moi d'abord", dit E-Z, "comment c'était ?"

Sobo ferme les yeux. "Imaginez une époque où vous n'allumiez l'eau chaude que dans une douche ou un bain, sans ventilateur ni fenêtre ouverte. Vous avez quitté la pièce pour aller chercher quelque chose et vous avez fermé la porte. Lorsque vous l'avez ouverte plus tard, la pièce était remplie de vapeur et lorsque vous êtes entré, vous ne pouviez rien voir - au début. Mais vos yeux se sont adaptés et vous avez pu tout voir. Il en a été de même pour moi lorsque je suis entré pour la première fois dans la bibliothèque des nuages.

Elle ouvre les yeux. "Imaginez l'intérieur du nuage où les livres existent. Tous les livres écrits et publiés sont là, devant vous. On pouvait les lire, les prendre, les apprendre. C'est à cela que ressemblait la bibliothèque du nuage. Et nous sommes tous censés aller la voir par nous-mêmes, maintenant. Aujourd'hui."

"Ça a l'air magique", dit Charles. "Je veux y aller. Je veux vous y emmener tous".

"Cela semble trop beau pour être vrai", a déclaré Brandy.

Sobo sourit.

E-Z hésite avant de retirer les lunettes et de les tendre à Charles.

"E-Z, dit Sobo, Rosalie m'a dit que l'exception à la règle de Raphaël était Charles. Tu te souviens ? Et c'est elle qui m'a révélé que Charles était notre arme secrète."

E-Z acquiesce et donne les lunettes à Charles.

Charles les enfila sans hésiter. Alors qu'il les rangeait derrière ses oreilles, les couleurs de la monture se mirent à pulser dans toutes les couleurs connues de l'homme. Toutes les couleurs, sauf le rouge. Lorsque les lunettes se fixèrent sur le vert de l'herbe, le cou de Charles se tordit à gauche, à droite, à gauche, à droite, à gauche. Il se redressa et regarda devant lui.

"Je suis prêt", dit-il. "Tenez-vous par la main, pour que nous soyons tous connectés, et je vous y emmènerai."

"Attendez-nous ! Hadz et Reiki s'écrièrent en sautant sur les épaules d'E'Z et en s'accrochant pour survivre. Quelques instants plus tard, personne n'était parti.

CHAPITRE DIX-HUIT

QU'EST-CE QUI N'A PAS FONCTIONNÉ ?

"JE NE COMPRENDS PAS", dit Charles. "Je pourrais le voir dans mon esprit. Peut-être que j'ai besoin d'instructions ou de mots magiques. Est-ce que Rosalie t'a dit quelque chose de spécial que je devais faire à part mettre les lunettes sur Sobo ?" demanda Charles.

Sobo secoue la tête. "Essayez quelque chose de différent."

"Emmenez-nous dans la salle des nuages", demande-t-il.

Cette fois-ci, le groupe s'est mis à osciller, comme si quelqu'un avait ouvert une fenêtre.

"Fermez les yeux", dit Charles. "Tout le monde est prêt ?" Tous acquiescèrent. Il ferma les yeux tandis que le groupe de super-héros et Sobo se fragmentaient.

"Quelque chose me semble différent", dit Lachie en ouvrant les yeux. "Je me sens différent."

E-Z se sentit lui aussi étrange en ouvrant les yeux. Hadz et Reiki ronflaient. C'était un moment étrange pour eux de faire une sieste. Et qu'y avait-il d'autre de différent ? Les lunettes de Raphaël n'avaient plus de couleur. Pourquoi ? Cela ne s'était jamais produit auparavant. Et quoi d'autre encore ? Alfred - où diable était-il ?

"Alfred ? Où es-tu ?"

Lia a fondu en larmes.

"Pourquoi pleures-tu ? demande E-Z.

"Parce que je ne vois rien, pas avec mes mains. Plus maintenant."

"Charles. Les lunettes", dit Brandy.

"Et les ?", il les a enlevés.

Ils se bouchent les oreilles, tandis que Sobo rejette la tête en arrière et gémit comme une banshee, jusqu'à ce que la douce musique orchestrale étouffe ses cris et que tout le monde s'endorme.

✳✳✳

MAINTENANT QUE LES JUMEAUX dorment, Samantha et Sam se demandent comment se déroule la réunion dans la salle E-Z. Lorsqu'elles arrivent, la porte est fermée à clé et personne ne répond lorsqu'elles frappent à la porte. Lorsqu'ils sont arrivés, la porte était fermée à clé et personne n'a répondu lorsqu'ils ont frappé.

"C'est étrange, dit Sam. "E-Z ne ferme jamais la porte à clé.

"Prends la clé", dit Samantha.

Sam a un mauvais pressentiment en insérant la clé dans la serrure.

Sam et Samantha regardent Sobo, Brandy, Lia, Lachie, Haruto, Charles et E-Z comme des mannequins dans une vitrine.

"Ils respirent à peine", dit Sam.

"Et où est Alfred ?"

"Et pourquoi Charles porte-t-il les lunettes de Raphaël ?"

"J'ai peur", dit Samantha en prenant la main de son mari dans la sienne.

"Je ne pense pas que nous devrions déranger quoi que ce soit ici", dit Sam. "J'ai l'impression qu'il se passe quelque chose que nous ignorons."

"C'est effrayant."

"Qu'est-ce que c'est ? demande Sam, en remarquant la boîte au bout du lit d'E-Z. "Je n'y crois pas ! Ce n'est pas possible. Il se penche, soulève le couvercle du coffre qu'il a vu maintes fois dans la chambre de son frère. Un coffre qu'il avait cru détruit dans l'incendie. Comme pour E-Z, les souvenirs créés par les odeurs à l'intérieur remontèrent et il fut submergé d'émotions.

"Sortons d'ici", dit Samantha. "Tu pourras m'en dire plus sur le coffre, à l'extérieur."

"Laissons-lui un peu de temps. Ils vont bientôt se réveiller et..."

"Je ne pense pas que nous ayons d'autre choix", dit Samantha en refermant la porte derrière elles.

CHAPITRE DIX-NEUF

LA CHAMBRE NUAGEUSE

CHARLES RESTA UN MOMENT debout, observant ce qui l'entourait. Les avait-il amenés au mauvais endroit ? Lui et les autres (qui dormaient tous) se trouvaient très haut dans le ciel, sans un seul nuage en vue. Ils avaient atterri au milieu d'une plate-forme en verre. Il n'avait aucune idée de la manière dont elle tenait en place. Remarquant que le fauteuil roulant d'E-Z roulait vers l'avant, il s'est précipité pour le réveiller.

"Où sommes-nous ?" demanda-t-il en réveillant Hadz et Reiki qui étaient toujours sur ses épaules, endormis.

"Réveillez-vous ! Réveille-toi !" ordonne Charles.

L'un après l'autre, ils ouvrirent les yeux, puis réalisant la hauteur à laquelle ils se trouvaient, ils s'accrochèrent l'un à l'autre, essayant de ne pas bouger. Ils essayaient de ne pas regarder à travers la vitre qui les empêchait de s'écraser au sol.

"Si seulement il y avait une balustrade ! s'exclame Lia. Elle pouvait tout voir maintenant, mais une partie d'elle regrettait que ce ne soit pas le cas.

"Je n'arrive pas à comprendre ce qui l'empêche d'avancer", a déclaré Charles.

"Je n'ai jamais été une grande fan des hauteurs", dit Brandy en attrapant la main la plus proche de la sienne, celle de Charles.

"Oh", dit-il en sentant la froideur de sa main.

"Je vais voler là-bas et jeter un coup d'œil", dit E-Z, et il s'envola, se déplaçant autour de la plate-forme qui semblait avoir poussé de nulle part, sans rien qui la maintienne en place et sans ancrage.

Haruto s'accroche à la main de sa grand-mère. Elle était plus lente à se réveiller que les autres. Lorsqu'elle semblait complètement réveillée, elle ne disait que " Oh non ". Encore et encore.

"Ce n'est pas la chambre des nuages où Rosalie t'a emmené, n'est-ce pas ? demanda Charles.

Sobo fait un pas, deux pas, tandis que les enfants s'accrochent à elle. Elle ferma les yeux, les serra fort, puis les rouvrit.

"Qu'est-ce que tu fais ? demande Brandy.

"Je cherche les livres", dit Sobo. "Si c'est l'endroit, il doit y avoir des livres. Beaucoup de livres. Je n'en vois aucun. Pas un seul."

E-Z, qui étudiait encore la structure de la plate-forme, demanda : " Avons-nous l'impression d'être au bon endroit ? Les livres pourraient-ils être déguisés ? Est-ce que quelqu'un peut les voir ?"

Tout le monde secoua la tête en signe de refus, même Hadz et Reiki qui, jusqu'à présent, n'avaient pas prononcé un seul mot entre eux deux.

Hadz et Reiki chantent à l'unisson : "J'ai un mauvais, mauvais pressentiment à propos de cet endroit".

Charles hésite avant de parler. "J'ai vu une bibliothèque dans ma tête quand j'ai mis les lunettes, et c'est comme ça que Sobo nous l'a décrite. Il n'y avait pas de plate-forme en verre. Cet endroit n'est pas celui que j'avais imaginé. Au début, j'ai pensé que les lunettes avaient fait une erreur, mais maintenant, si Hadz et Reiki ont un mauvais pressentiment, et Sobo aussi, je pense." Sobo acquiesça, et il remarqua qu'elle tremblait. "Je crois qu'il faut qu'on se tire d'ici, et vite."

E-Z remarque qu'Alfred a disparu. "Quelqu'un sait ce qui est arrivé à Alfred ? Nous étions tous reliés par le toucher quand nous sommes venus ici. Comment a-t-il pu s'attacher ?" Il remarqua alors que Hadz et Reiki semblaient hors d'eux. Presque comme s'ils avaient été drogués, car leurs yeux se révulsaient et ils avaient du mal à rester éveillés.

"Les cygnes n'ont pas de doigts à toucher", chantent à l'unisson les deux aspirants anges. Ils éclatèrent de rire et tournèrent en rond jusqu'à ce qu'ils soient trop étourdis pour rester à flot et qu'ils tombent sur le sol en verre avec un SPLAT.

"D'accord Charles, c'est assez de preuves pour moi. Ramenez-nous à la maison - maintenant."

Charles, qui avait enlevé les lunettes de Raphaël et les avait remises dans l'intention de suivre les ordres d'E-Z, s'exclama : "Oh, les voilà !".

"Tu peux voir les livres maintenant ? demanda Sobo.

"Je ne pouvais pas quand nous sommes arrivés, mais maintenant je peux. Qu'est-ce que je suis censé faire maintenant ?"

"Cela n'a aucun sens, dit Sobo, pourquoi seraient-ils déguisés pour vous, puis révélés ? Rosalie n'en a pas parlé."

"Je pense que l'air ambiant affecte nos cerveaux", dit E-Z. "Je commence à me sentir hors de moi, étourdi. Nous ferions mieux de sortir d'ici et pronto ou nous nous retrouverons face contre terre sur la plate-forme comme Hadz et Reiki."

Charles tendit la main et y fit voler un livre qu'il fourra dans sa chemise. "Ramenez-nous ! s'écrie-t-il. Comme la première fois qu'ils ont essayé, rien ne s'est passé.

"Peut-être devrions-nous nous tenir la main, dit Sobo. "Et fermer les yeux à nouveau."

Ils ont fait les deux et, immédiatement, d'énormes rafales de vent ont commencé à les souffler sur la plate-forme. Ils se sont regroupés, comme une équipe de football avant un grand jeu, s'accrochant l'un à l'autre. Ils poussaient leurs pieds sur la plate-forme, dans l'espoir qu'ils ne s'envolent pas.

E-Z se creusa la tête, essayant de trouver un moyen de s'en sortir. Le seul moyen était-il d'utiliser la seule et unique chance d'appeler Raphaël à la rescousse ? Il jeta un coup d'œil à Charles, qui semblait s'évanouir. "Charles ! cria-t-il, puis il remarqua, par-dessus son épaule, que Baby, Little Dorrit et Alfred s'approchaient rapidement d'eux.

Alfred hurle : " Il faut te sortir de là, tout de suite. Cet endroit est comme un phare qui t'éclaire aux yeux du monde entier, y compris des Furies !"

Sobo sanglote : "Je ne savais pas qu'ils utilisaient Rosalie comme piège."

"Charles a vu les livres, et il en a même reçu un. Mettons-nous à l'abri. Personne n'est à blâmer. Vos intentions étaient bonnes", a déclaré E-Z.

"Merci", dit Sobo, alors qu'elle commençait à s'évanouir, comme l'avait fait Charles. Brandy lui prit la main et la tint fermement jusqu'à ce que Sobo ne s'efface plus.

Alfred a dit : "Allez !"

Lachie sauta sur le dos de Baby, entraînant avec lui Charles qui tremblait, et ils s'envolèrent. A l'intérieur de sa chemise, le livre qu'il tenait s'est dilaté et deux boutons de sa chemise se sont détachés. Il tient fermement le livre d'un bras et s'accroche à Lachie de l'autre tandis que Baby accélère la cadence.

La petite Dorrit s'inclina sans toucher la plate-forme, afin que les autres puissent monter à bord, tandis qu'E-Z attrapait Hadz et Reiki. Ils s'envolèrent, Alfred et E-Z côte à côte, tandis que le ciel passait du bleu au noir, du noir au bleu, au noir, et que les étoiles apparaissaient, mais ce n'étaient pas des étoiles. C'étaient des globes oculaires. Des globes oculaires qui tiraient sur Booger, comme ceux qu'il avait rencontrés dans la Vallée de la Mort lorsqu'il avait rencontré les Furies pour la première fois.

SPLAT. SPLAT. SPLAT.

SPLAT. SPLAT. SPLAT. SPLAT.

SPLAT. SPLAT. SPLAT. SPLAT. SPL-

Charles a crié à tue-tête : "A LA MAISON !" Et cette fois, ça a marché. Ils étaient de nouveau chez eux. En sécurité.

Haruto a entouré sa grand-mère de ses bras.

"Je suis si heureux d'être de retour à la maison", se dit l'un à l'autre.

Quelques instants plus tard, Sam et Samantha arrivent.

***

"**N**OUS AVONS VU VOS corps endormis dans votre chambre. Nous ne savions pas quoi faire", dit Sam.

"C'est une longue histoire", a déclaré E-Z.

Sobo demanda à Charles : "As-tu réussi à garder le livre ?" "Bien sûr", dit Charles en le tendant. C'était un gros volume, cartonné, avec un dos épais qui pouvait être vu et lu par tous -

Les grandes espérances de Charles Dickens.

"Tu as ramené un de tes propres livres ? s'exclame Brandy.

Lachie se moque.

"I..." dit Charles. "Tu m'as dit de choisir n'importe quel livre, et c'est celui que j'ai pris au hasard."

"Tout arrive pour une raison", a déclaré Lia.

"Mais c'est vraiment exagéré", s'exclame Brandy.

"Tout le monde se calme, dit E-Z. "Charles a fait de son mieux dans ces circonstances - et au moins, IL a pu voir les livres. Aucun d'entre nous n'a pu le faire."

"Les grandes espérances", a dit Alfred, "est un livre grrr-eat !". On aurait dit la version britannique de Tony le tigre dans les publicités pour les céréales.

"Il a raison", affirment Sam et Samantha. "C'est l'un des meilleurs romans jamais écrits."

Charles enleva les lunettes de Raphaël et les rendit à E-Z qui les mit immédiatement. Il secoua la tête, mais le titre du livre que Charles tenait encore était différent. Il lut le nouveau titre à haute voix, ***Le champ des rêves de*** W. P. Kinsella".

"Laissez-moi essayer", dit Lia en attrapant les lunettes de Raphaël.

"Attendez !" E-Z s'écrie, alors que Lia les retire de son visage. "Ne les mets pas. Rappelle-toi, Raphaël a dit que je devais être la seule à les porter, mais j'ai fait une exception pour Charles à cause du rêve de Sobo, mais je ne pense pas qu'on doive les faire circuler. D'ailleurs, nous connaissons déjà la réponse à la question que nous nous posons tous. C'est un livre qui devient le titre que le lecteur veut voir".

"Ou a besoin de voir", dit Sobo.

"Mais je ne voulais pas ou n'avais pas besoin de voir Les grandes espérances. Je n'en ai jamais entendu parler !"

"Mais imaginez, dit Sam, quel genre de bibliothèque cela pourrait être à l'avenir. Tout ce que nous avons à faire, c'est de penser au titre d'un livre, et voilà, nous le tenons dans nos mains".

"Ce ne serait pas très bon pour les auteurs, je veux dire, comment seraient-ils payés ? demande Samantha.

"Je ne sais pas comment tout cela fonctionnerait, et peut-être que nous passons à côté de quelque chose d'important", a déclaré Alfred.

"Grand, comme quoi ?" demande E-Z.

"Et si c'était le livre qui choisissait le lecteur et non l'inverse ?

"Doo-doo-doo-doo", a chanté Brandy en reprenant la musique de La Quatrième Dimension.

"Récapitulons. Sobo a fait un rêve dans lequel Rosalie lui montrait la Bibliothèque des Nuages et avec les lunettes de Raphaël, Charles pouvait nous y emmener. C'est ce qu'il a fait, mais l'endroit n'était pas comme prévu. Seul Charles pouvait voir les livres, il en a pris un et, sur le chemin du retour, nous avons été attaqués par des globes oculaires lanceurs de crottes de nez semblables à ceux qui nous ont attaqués, Hadz Reiki et moi, dans la Vallée de la Mort.

"Ce que je me demande, c'est si Eriel a dit aux Furies que Raphaël avait donné ses lunettes à E-Z", demande Lachie.

"C'est quelque chose que nous ne saurons peut-être jamais", dit E-Z, "parce que Michael n'a donné à Eriel qu'une seule chance de me parler". Il s'est approché de la fenêtre et a regardé dehors. "Je me demande", dit-il.

"Tout le monde s'est exclamé : "Je me demande quoi ?

"Si les Furies connaissent les lunettes et leurs pouvoirs. Si elles nous ont fait visiter la bibliothèque des nuages par l'intermédiaire de Rosalie, alors elles doivent savoir pour Charles. Cela signifie qu'il n'est plus une arme secrète. Comment auraient-ils pu le savoir ? Et pourtant, les crottes de nez, c'est une trop grande coïncidence".

"Eriel vous a dit d'utiliser les lunettes", dit Alfred.

"Je l'ai vu, je l'ai vu être détenu et il n'y avait aucune chance, aucune chance qu'il ait pu envoyer un message aux Furies... pas avec Michael qui surveillait chacun de ses mouvements. E-Z retourna là où se trouvaient les autres. "Au fait, Alfred, comment t'es-tu retrouvé séparé de nous ?

"J'étais perdue dans un nuage noir, jusqu'à ce que j'appelle Little Dorrit et Baby à l'aide, et vous connaissez la suite".

"C'était tellement bizarre", a déclaré Charles. "Une minute, je ne voyais pas les livres, j'enlevais les lunettes, je les remettais et il y en avait partout. Pourtant, j'étais le seul à pouvoir les voir".

"Je les voyais", dit Bébé. "Celui-ci a volé vers moi", a-t-il lancé à Charles qui l'a attrapé avec deux doigts.

Il s'agissait d'un livre miniature, avec un titre minuscule au dos, que tout le monde lisait à haute voix :

"Tout ce que vous avez toujours voulu savoir sur les Furies mais que vous n'osiez pas demander, par Anonyme.

"Score !" s'exclame Brandy.

Ils se rassemblèrent autour du petit livre, tandis que Charles l'ouvrait avec précaution. L'intérieur de la couverture était vierge, tout comme la première page. Il passa à la page suivante, où se trouvaient des mots, qui commencèrent immédiatement à se déplacer, à se mélanger. Les mots flottaient sur la page, se déplaçaient et se déplaçaient comme s'ils avaient oublié les mots et la langue qu'ils étaient censés représenter.

E-Z, qui portait encore les lunettes de Raphaël, s'est senti étourdi par le déplacement des mots et les a enlevées.

"Essayez", dit-il à Charles en lui tendant les verres.

Charles les enfile et les retire rapidement, se précipitant vers la fenêtre pour respirer un peu d'air frais. Il les rend à E-Z.

"Maintenant, toi", dit-il à Sobo, qui refuse d'essayer les lunettes comme Haruto.

"Je vais essayer", dit Lia, mais elle rejoint bientôt Charles à la fenêtre.

"Lachie ? demande E-Z.

"Bien sûr", dit-il en mettant les lunettes, puis en les retirant immédiatement. "Pas question", dit-il en s'asseyant sur le lit.

"Laissez-moi essayer !" dit Brandy, tandis que E-Z lui met les lunettes dans la main et qu'elle les applique sur son visage. "Attendez une minute, dit-elle, je crois que je vois quelque chose, c'est..." et elle cracha une substance verte qui, heureusement, frappa le mur au lieu d'une personne.

"Viens avec nous", disent Sam et Samantha à Brandy, "nous allons t'aider à te laver".

"Euh, merci", dit E-Z en tournant sa chaise vers Alfred, puis en plaçant les lunettes sur son bec.

"Un cygne portant des lunettes. C'est ridicule !" dit Alfred.

"Tu as l'air très studieux !" dit Charles.

"Vous ressemblez au professeur Ludwig Von Drake ! s'exclame Brandy.

Sam a dit : "C'était le professeur de Donald Duck".

"Oh", ont dit ceux qui étaient trop jeunes pour avoir entendu parler de Donald Duck.

"Oh là là", dit Alfred, quand les mots cessent de tourbillonner et reprennent la forme que leur avait donnée l'auteur. Il lut les deux premières pages, puis la suivante, la suivante et la suivante. Il parcourut tout le livre avec la facilité d'un lecteur rapide et lorsqu'il eut terminé, le livre se referma d'un coup sec.

POOF

Et il a disparu.

"Eh bien, c'était intéressant", dit Alfred en rendant les lunettes à E-Z et en s'empêchant de tomber.

"Tu veux dire que tu as tout lu ?" dit Sam. "Ces lunettes sont remarquables.

"Je me souviens de tout, mais j'ai besoin de traiter l'information et de me reposer. Je n'ai pas envie de m'asseoir ici et de vous relire tout ce que j'ai appris. Il vaut mieux que je mette de l'ordre dans ce que j'ai appris et que nous en parlions ensuite".

"Et si, demande Brandy, tu avais raté quelque chose que l'un d'entre nous n'aurait pas raté ? Rien de personnel".

Alfred rit. "Ce n'est pas parce que j'ai la forme d'un cygne que je n'ai pas lu beaucoup de livres au cours de ma vie. En fait, j'ai fréquenté l'université d'Oxford quand j'étais jeune et j'ai obtenu mon diplôme avec mention. J'ai étudié la littérature et les arts".

E-Z a dit : "Vous n'avez pas choisi le livre, c'est le livre qui vous a choisi. Aucun d'entre nous n'a pu en lire un seul mot".

"Merci de croire en moi."

Lia dit : "Combien de temps veux-tu réfléchir ? On peut aller voir ce film ?"

Samantha dit : "Je vais devoir refaire du pop-corn. Nous avons déjà mangé l'autre bol."

"Manger sous l'effet du stress", dit Sam avec un sourire en coin.

"Merci", dit Alfred. "Je reviendrai vers vous dès que possible."

"Prenez tout le temps qu'il vous faut", dit E-Z, "rejoignez-nous quand vous serez prêts".

La bande se rend dans le salon et prépare le film. Samantha a refait du pop-corn dans le micro-ondes. Tout le monde se réunit pour regarder le film.

Alfred dormit un moment à sa place habituelle, mais il fit des rêves, surtout des cauchemars, et finit par se rendre dans le jardin pour prendre l'air. Tout le monde le surveillait et la pression pesait sur lui, tandis que le contenu du livre miniature tourbillonnait dans son esprit.

CHAPITRE VINGT

MESSAGE DE LA FRANCE

E-Z A REGARDÉ LA première moitié du film avec les autres, puis, impatient, il a décidé de rattraper son retard. Il passa la tête dans sa chambre, s'attendant à trouver Alfred endormi, mais il était introuvable. Inquiet, il se dirigea vers la porte de derrière et regarda dehors pour voir le cygne endormi sur une chaise de jardin. Il ferma la porte et retourna dans sa chambre, ouvrit son ordinateur portable et se connecta.

Il fit plusieurs allers-retours dans son esprit, décidant s'il pouvait se concentrer sur l'écriture de son roman ou s'il devait passer son temps à faire des recherches sur leurs ennemies, les Furies. Le son d'un message qui apparut dans sa boîte de réception le décida. Il avait une coche rouge, indiquant l'urgence, et même s'il ne contenait pas de pièces jointes, il n'a pas cliqué dessus. Au lieu de cela, il l'a lu en prévisualisation. Ou plutôt, il a essayé de le lire. Le message était entièrement rédigé dans une autre langue. Il a repéré quelques mots qu'il a reconnus comme étant du français, il a donc copié le texte, est allé sur un moteur de recherche et a collé le message suivant dans un traducteur en ligne :

Cher E-Z Dickens,

Je m'appelle François Dubois et j'ai sept ans. J'habite à Paris, en France, et j'aimerais faire partie de votre équipe de Superhéros. Vous vous demandez peut-être quelles compétences j'apporterais à l'équipe. C'est une bonne question et je serai heureux d'y répondre. Mais je me demande si ce site est sécurisé.

Si vous souhaitez me parler davantage, vous pouvez m'envoyer un courriel directement. Mon adresse de courriel est jointe. J'ai hâte d'avoir de vos nouvelles.

Votre ami,

François

Il a appuyé sur "envoyer" et la traduction suivante est arrivée :

Cher E-Z Dickens,

Je m'appelle François Dubois et j'ai sept ans. J'habite à Paris, en France, et j'aimerais faire partie de votre équipe de super-héros. Vous vous demandez peut-être quelles compétences j'apporterais à l'équipe. C'est une bonne question et j'y répondrai volontiers. Mais je me demande si ce site est sécurisé.

Si vous souhaitez me parler davantage, vous pouvez m'envoyer un courriel directement. Mon adresse électronique est jointe. Je me réjouis d'avance d'avoir de vos nouvelles.

Votre ami,

François

Intrigué, il relut le message plusieurs fois, réfléchissant au moment choisi. Il se demandait s'il n'était pas paranoïaque en pensant que ce gamin venu de France pouvait conspirer avec les Furies. Même s'il était trop prudent, il avait le droit de l'être et, en tant que chef de son équipe, c'était à lui de s'assurer que des enquêtes comme celle-ci étaient légitimes. Il aurait besoin de l'aide de l'Oncle Sam pour vérifier, mais pour l'instant, il allait lancer quelques appels et voir ce qu'il en était.

Il a écrit un message rapide sans le traduire. Le jeune pourrait utiliser un moteur de recherche, comme il l'a fait, et trouver un traducteur et, après l'avoir relu plusieurs fois, appuyer sur ENVOYER.

Cher François,

Nous vous remercions pour votre message. Comment avez-vous entendu parler de nous ?

E-Z.

La réponse de François est arrivée si vite qu'elle a rendu E-Z encore plus méfiant. Cette fois-ci en anglais, c'est écrit :

Cher E-Z,

Merci pour votre réponse rapide.

Mon professeur a vu votre site web et nous avons appris à vous connaître, vous et votre équipe, dans le cadre de notre cours sur l'actualité.

J'espère avoir bientôt de vos nouvelles.

Votre ami,

François.

Cela semblait tout à fait légitime. Il tapa un autre message, demandant à François quel genre de pouvoirs de super-héros il avait à offrir à son équipe, afin de pouvoir en discuter avec eux. Quelques instants plus tard, François lui envoya le message suivant :

Cher E-Z,

Je vous remercie de m'avoir donné l'occasion de vous parler de mes talents de super-héros.

Tout d'abord, comme vous, je n'ai pas toujours été un super-héros. C'est quelque chose que nous avons en commun. C'est pourquoi j'ai pensé que je serais un bon élément pour votre équipe.

Au lieu de vous le dire, j'aimerais vous le montrer. Vous trouverez ci-joint une invitation privée à visionner notre chaîne YouTube - mon père m'a aidé. Le lien n'est accessible qu'à vous et l'invitation expirera dans vingt-quatre heures.

J'attends avec impatience vos commentaires après l'avoir vu.

Votre ami,

François.

Curieux et sans hésitation, E-Z a cliqué sur le lien. Un message s'affiche, lui demandant de répondre à une question à laquelle il n'a aucun mal à répondre puisqu'il s'agit de baseball.

Une fois à l'intérieur, il a cliqué sur le clip, a augmenté le volume et le clip a immédiatement démarré.

La première personne qu'il a vue était un enfant qui s'est présenté comme étant François Dubois, âgé de sept ans, par le biais du texte qu'il a traduit en bas de l'écran.

Le gamin était grand, très grand. En fait, il se tenait à côté de plusieurs bâtons de mesure. Son père a fait un zoom avant pour montrer que François, à sept ans, mesurait déjà 163 centimètres (5 ft. 4 in.). Outre sa taille, François ressemblait à n'importe quel autre enfant de sept ans, avec des cheveux brun-roux, une épaisse paire de lunettes à monture foncée sur le nez, une chemise à carreaux, un jean bleu et des chaussures de sport noires.

"Bonjour E-Z ! dit François, en affichant un sourire qui révèle l'absence de ses deux dents de devant.

E-Z lui a rendu son sourire, puis a regardé François et son père discuter d'un sujet en français, sans aucune traduction. Leur discussion semblait animée, si l'on en croit les gestes des mains et les expressions du visage. Il espère que François ne va pas tenter quelque chose de dangereux.

E-Z regarde François continuer à marcher jusqu'à l'emblème le plus connu de Paris, la Tour Eiffel. Un panneau à l'extérieur indiquait que le coût d'entrée pour les 12-24 ans était de 5 euros. François ferme les yeux, puis les rouvre. Attendez un peu. Quelque chose avait changé, peut-être était-ce l'éclairage.

Il continue à regarder François se positionner à côté d'une autre pancarte sur laquelle on peut lire : " Je n'ai pas d'autre choix que d'aller à l'école " :

Exposition universelle de Paris, 15 mai 1889.

"WHOA !" s'exclame E-Z, essayant de comprendre ce dont il vient d'être témoin. Un voyage dans le temps ?

François a fermé les yeux et s'est retrouvé à côté du panneau original 12-24 ans 5 euros.

La caméra est devenue floue. En bas de l'écran, les mots suivants sont apparus : "Un moment, s'il vous plaît."

D'un clic, la caméra se remet à tourner, mais cette fois, François se trouve à côté de la cathédrale Notre-Dame de Paris. Depuis le grand incendie de 2019, elle est en cours de reconstruction et les échafaudages et les grues s'activent.

Comme précédemment, François ferme les yeux puis les rouvre.

"Pas question !" s'exclame E-Z.

François était en 1163 le jour même où fut posée la première pierre de la grande cathédrale Notre-Dame.

E-Z fait une pause. Serait-ce un faux ? Bien sûr que oui. Avec la technologie d'aujourd'hui, n'importe qui peut truquer n'importe quoi. Pourtant, quelque chose dans ses tripes lui disait que c'était vrai. Mais il avait besoin d'un deuxième avis. Il avait besoin de l'Oncle Sam.

En regardant François en pause à l'écran, E-Z a cliqué sur démarrer. François a fait un signe de la main lorsque le clip s'est terminé.

E-Z a cliqué et est retourné à sa boîte de réception. Il a appuyé sur "Répondre" et a écrit l'e-mail suivant à François :

Cher François,

Merci de m'avoir montré ton super pouvoir. Je dois parler à l'équipe. Si nous décidons de vous accepter, dans combien de temps pourrez-vous nous rejoindre ?

Votre ami,

E-Z

Il attend une seconde et relit son message avant de l'envoyer. Il envisage de remplacer SI par QUAND. Indécis, il réfléchit au superpouvoir de François de voyager dans le temps. Ce gamin serait un excellent ajout à l'équipe.

Il fallait tout de même qu'il ait un deuxième avis. Avant d'y réfléchir plus avant. Il a envoyé un SMS à Sam : "Tu as une seconde ?"

Un nouveau courriel est apparu dans sa boîte aux lettres avec les mots suivants :

HI E-Z,

Si vous m'acceptez dans l'équipe, pouvez-vous venir me chercher ?

Votre ami,

François.

Il a dû y réfléchir.

Il a répondu :

Je reviendrai vers vous dès que possible.

Votre ami,

E-Z.

Sam est entré dans la cuisine, "Qu'est-ce qu'il y a, ma petite ?"

"Désolé de vous éloigner du film".

"J'étais en train de m'endormir de toute façon, alors je suis content de cette distraction."

"J'ai reçu un courriel via notre site web d'un jeune Français qui a demandé à rejoindre notre équipe. Lui et son père ont réalisé un clip, que j'ai déjà visionné. Il a des compétences impressionnantes. Jetez-y un coup d'œil et dites-moi ce que vous en pensez."

Sam est resté silencieux pendant toute la durée du film. À la fin du film, il a demandé à le revoir.

Lorsqu'il a terminé pour la deuxième fois, E-Z a demandé : "Qu'en pensez-vous ?"

"Je pense que ce que nous voyons est impressionnant. Un garçon français qui voyage dans le temps".

"Nous pourrions vraiment utiliser un super pouvoir comme celui-là dans notre équipe".

"Exactement, dit Sam. "C'est pourquoi je me méfie. Avez-vous correspondu avec le jeune homme ?"

E-Z fait défiler ce qui a été dit jusqu'à présent.

"Comment sait-il que tu n'as pas eu de superpouvoirs toute ta vie ?" demande-t-il.

"Oui, c'est ce que je pensais aussi. Mais je pense que c'est une hypothèse raisonnable. C'est un garçon intelligent."

"C'est vrai, dit Sam. "Je peux cliquer pour voir ce que je peux trouver ?"

E-Z acquiesce et Sam prend le contrôle de son ordinateur portable. Il a vérifié l'adresse IP, qui semblait être légitime. Il n'a eu aucun mal à la localiser à Paris.

Il a cherché le nom de François, a trouvé l'école qu'il fréquentait. Il a découvert qu'il jouait au basket-ball. Il a découvert qu'il était doué pour l'orthographe. Il n'avait pas l'air de s'attirer des ennuis.

Sam a ensuite trouvé un avis de décès de la mère de François, décédée lorsqu'il avait cinq ans. La cause du décès n'était pas précisée, mais il était demandé de faire des dons à la Fondation parisienne pour le cancer du sein.

"Tout avait l'air légal", a déclaré Sam.

"Mais comment en être certain ? Je ne veux pas prendre de risques inutiles."

"Le seul moyen d'en être certain serait d'interroger le jeune en personne. Il hésite, "Hm, il a demandé quand vous pourriez venir le chercher. Maintenant que j'y pense, c'est plutôt étrange de la part d'un enfant qui voyage dans le temps."

"Oui, je n'y avais pas pensé comme ça."

"Une chose est sûre, E-Z, si quelqu'un doit l'attraper, c'est moi. On a besoin de toi ici."

"J'apprécie l'offre de l'oncle Sam, mais votre vie en danger n'est pas une option."

"D'accord", dit Sam. "Tu as des nouvelles d'Alfred ?"

Comme prévu, Alfred entre dans la cuisine en se dandinant. "QUOI ?" demande-t-il.

ZAP

Un minuscule chaton blanc et pelucheux est arrivé.

"Bonjour E-Z, je m'appelle Poppet. Francois m'envoie".

E-Z n'a rien dit d'autre que "Oh là là".

Un courriel de François a immédiatement été envoyé :

"Est-elle arrivée à bon port ?"

L'oncle Sam a répondu : "Voilà qui répond à notre question".

E-Z tape "Oui, elle est là".

ZAP

Poppet a disparu.

"C'est trop cool", écrit François. "Quand tu seras prêt, si tu veux que je fasse partie de ton équipe, j'essaierai moi-même".

"Tenez bon pour l'instant", dit E-Z.

"Comment Poppet a-t-elle su où nous vivions ? demande Sam.

"Je ne le sais pas."

CHAPITRE VINGT ET UN

LA DÉCISION FRANCOIS

L E LENDEMAIN, E-Z A convoqué une réunion de groupe d'urgence. Une fois tout le monde assis, il s'est lancé dans le vif du sujet.

"Un nouveau membre potentiel a demandé à rejoindre notre équipe. Sam et moi avons examiné sa candidature et tout semble réglo."

"Je partage cet avis", a déclaré Sam.

E-Z acquiesce : "François est un voyageur du temps."

"Wow !" dit Lia.

"Génial !" dit Lachie.

Les autres ont fait des commentaires similaires, à l'exception de Charles qui a demandé : "Qu'est-ce qu'un voyageur du temps ?".

"Vous l'êtes !" dit Brandy.

"C'est quelqu'un qui voyage d'une époque à l'autre", explique Lia.

"Peut-être qu'en regardant ce clip, vous comprendrez mieux, nous comprendrons mieux ce qu'il peut faire". Il jette un coup d'œil à Alfred : "Mais avant de parler de François, je voudrais passer la parole à Alfred, pour qu'il nous explique ce qu'il a découvert dans le livre. A vous, Alfred."

Le cygne trompette se racle la gorge, tandis que tous les regards se tournent vers lui.

"J'ai tout passé en revue, devant, derrière, sur le côté, et je crains que cela ne serve pas à grand-chose. Puisque les Furies ont reçu un mandat spécifique - et qu'elles y adhèrent (même si elles contournent les règles), je ne pense même pas que Zeus puisse les punir pour ce qu'elles font".

"Tu veux dire que c'est sans espoir ? demande Brandy.

"Non, je ne dis pas que c'est sans espoir, mais je ne vois pas d'issue. A moins qu'ils ne sachent pas ce que nous savons."

"Lequel ?", demande Brandy. demande Brandy.

"Le plan d'Eriel. Comment il les utilisait. Où est Eriel. Comment il est incommunicado."

"C'est vrai, ils doivent se demander pourquoi il ne communique pas avec eux", a déclaré Lachie.

"Et cela pourrait créer de la méfiance", a ajouté Brandy.

"Et si, dit Sam, cette information leur avait été communiquée ? J'ai pensé la même chose, dit

Samantha. "Peut-être que sans lui, ils tourneraient le dos et s'enfuiraient."

"Cela pourrait aller dans le sens contraire. Sans lui pour les tenir en laisse, ils pourraient le faire. Qui sait ce qu'ils feraient !" dit E-Z.

"Ils ont déjà recueilli beaucoup d'âmes", dit Lia. "Je pense que E-Z a raison. Le fait de savoir qu'il n'est plus dans le coup pourrait les rendre plus audacieux."

Alfred s'aperçoit que la conversation bute sur un mur, "Alors, parlons des super-pouvoirs de François. Il voyage dans le temps. Comment pourrait-il nous aider ?"

"Une dernière chose", commence E-Z, "et c'est l'Oncle Sam qui l'a remarqué, alors il serait peut-être le mieux placé pour l'expliquer".

"Non, vas-y, dit Sam.

"François a envoyé un chaton ici.

"Un chaton ? demanda Sobo.

"Oui. Elle s'appelait Poppet et elle est arrivée dans la cuisine. François m'a tout de suite envoyé un message pour me demander si elle était bien arrivée. Elle a dit bonjour - oui, elle pouvait parler. Après avoir confirmé qu'elle était bien arrivée, elle est ressortie. La question que Sam a posée plus tard était de savoir comment elle savait où nous habitions".

"Attendez une minute", dit Charles. "Quelqu'un ne m'a pas dit que votre adresse était publiée en ligne ?"

"J'ai entendu cela aussi", dit Brandy.

Sam a dit : "On dirait que c'était il y a longtemps, mais c'est vrai."

Ils se sont rassemblés autour de Sam et ont vu leur maison connectée au site web pour que tout le monde puisse la voir.

"Il n'y a aucun doute là-dessus. S'ils savent qui nous sommes, ils savent aussi où nous sommes", dit Sam. "A moins que..."

"A moins que quoi ? demande E-Z.

"A moins qu'ils ne soient pas aussi doués en technologie que nous le pensons".

Sobo a dit : "Ne sous-estimez jamais un ennemi. C'est ainsi que les méchants indignes deviennent des héros."

"D'abord, regardons François voyager dans le temps, puis réfléchissons à la façon dont il pourrait nous aider à vaincre les Furies", dit E-Z.

Ils regardent le clip en silence. A la fin, E-Z dit : "Je vais taper la liste. Qui veut commencer ?"

"Non, dit Sam. "Je pense que nous devrions l'écrire à l'ancienne. Tu sais, avec un stylo et du papier. Il fouilla dans le tiroir de la cuisine et en sortit un bloc-notes qu'ils utilisaient pour les listes de courses, ainsi qu'un stylo. "Vas-y, réfléchis, je serai le secrétaire. Et tu n'as même pas besoin de me payer un salaire."

Après quelques rires et ricanements, les idées ont commencé à fuser :

#1. François pourrait remonter le temps, découvrir ce qui est arrivé à PJ et Arden et l'arrêter.

#2. François pourrait remonter le temps et empêcher tous les enfants d'être tués.

#3. François pourrait remonter le temps et empêcher les parents d'E-Z d'être tués, empêcher son accident de se produire.

#4. Idem pour l'accident de Lia.

#5. Idem pour l'accident de la famille d'Alfred.

#6. Idem pour l'enfermement de Lachlan dans une cage.

Interlude.

Haruto était heureux avec sa nouvelle famille. Fin de l'histoire.

Brandy était d'accord pour mourir et revenir à la vie, mais elle a demandé si revenir au jour de l'audition était une option viable. Cette demande a été rejetée à l'unanimité.

Charles n'a pas non plus de regrets.

Reprise de la session de brainstorming :

#7. François pourrait remonter à l'époque précédant la création des Furies pour s'assurer qu'elles disposent d'un talon d'Achille.

#8. François pourrait remonter le temps, jusqu'au premier jour où Eriel a rencontré les Furies. Il pourrait être un espion. Ou pourrait-il faire en sorte qu'elles ne se rencontrent jamais ?

#9. Si Poppet pouvait entrer et sortir, François pourrait-il faire de même ?

Alfred a dit : "Attendez un peu. C'est complètement fou, mais si François revenait en arrière et annulait les Furies de l'existence."

"C'est une excellente idée !" dit E-Z. "Mais dans toutes les histoires que j'ai lues sur le voyage dans le temps, il est toujours mal vu de jouer avec les vies et de changer les événements.

"Oui, je me souviens de Retour vers le futur. Mais d'après mon expérience personnelle, explique Brandy, quand je meurs et que je reviens, c'est comme si les événements qui ont précédé ma mort n'avaient jamais eu lieu. C'est comme un rêve, si vous voyez ce que je veux dire."

"Sam s'étire et bâille. "Les bébés vont bientôt se réveiller. Je ne veux pas outrepasser les limites du leadership d'E-Z, mais je pense que nous devons prendre le temps de réfléchir avant d'agir."

"Nous sommes d'accord. Merci à tous pour cette excellente séance de brainstorming", a déclaré E-Z.

La séance est levée.

CHAPITRE VINGT-DEUX

LAIT CHAUD

LIA ET LES AUTRES passèrent la journée à vaquer à leurs occupations. Le soir, épuisée, elle se tourna et se retourna, mais ne parvint pas à dormir. Frustrée par des heures d'insomnie et d'inquiétude permanente, elle descendit chercher un peu de lait chaud.

Elle place une tasse dans le four à micro-ondes, appuie sur 40 secondes, puis sur "start". Au fur et à mesure que l'horloge décomptait, elle a vu les chiffres 39, 38, 37, 36, etc. jusqu'à ce que le chiffre 33 apparaisse. C'est le dernier chiffre qu'elle a vu.

"Euh, bonjour Petite Dorrit", dit-elle en regrettant de ne pas avoir mis son peignoir. "Où allons-nous ?"

"Nous sommes en mission", dit la licorne. "Où allons-nous ?

"Vous ne savez pas qui ?"

"Non. Je m'occupais de mes affaires quand tu m'as appelé Lia, tu ne te souviens pas ?

"Je ne t'ai pas appelé", dit Lia. "Je n'ai pas encore dormi. C'est étrange."

La licorne s'est figée en plein vol.

WHOOSH

La petite Dorrit décolle à toute vitesse.

"Argghh ! s'écrie Lia en s'accrochant à la vie. "Qu'est-ce qui se passe ? Pourquoi vas-tu si vite ?"

"Je ne sais pas", dit la licorne. "C'est comme si quelqu'un ou quelque chose avait pris le contrôle de moi. Elle essaya de s'arrêter, comme elle l'avait fait quelques instants auparavant. Maintenant, quoi qu'elle fasse, elle ne pouvait pas s'arrêter. Elle ne pouvait pas non plus ralentir.

"Accrochez-vous bien !" cria la Petite Dorrit, tandis que son corps commençait à rouler vers l'avant, la tête en bas. "Oh non !

Lia cria, mais s'accrocha à la vie. Ils finirent par s'arrêter de rouler, mais au lieu de ralentir, ils accélérèrent encore plus vite.

Ils continuèrent à voler tandis que la nuit se transformait en jour. Au fur et à mesure que le soleil montait dans le ciel, la distance qui le séparait d'eux diminuait.

"J'ai l'impression que ma peau brûle ! s'exclame Lia.

"Ma fourrure aussi", dit la petite Dorrit. "Laissez-moi essayer de nous faire tourner à nouveau." Elle essaya et, comme auparavant, ils roulèrent tête baissée, tête baissée, réduisant l'écart entre eux et le soleil brûlant.

"Nous devons faire demi-tour ! cria Lia. "Si nous ne le faisons pas, nous sommes foutus."

"Mais je n'arrive pas à m'arrêter. Je n'arrive pas à faire quoi que ce soit. Attends, je vais demander l'aide de Bébé."

Sur fond de soleil flamboyant, trois créatures ailées firent leur apparition. Elles se tenaient la main, tandis que leurs robes noircies tourbillonnaient et s'enroulaient autour de leurs corps.

SNAP !

SNAP !

SNAP !

Le son qui emplissait l'air était celui d'un fouet qui claquait alors que Lia et la petite Dorrit étaient attirées vers lui comme par un rayon tracteur. Le tonnerre gronde, mais aucun orage n'est visible alors que les serres du soleil s'étirent vers elles, menaçant de désintégrer leur existence même.

"Nous sommes foutus !" dit Lia. "Merci d'avoir essayé de nous sauver. Elle serra la licorne dans ses bras. "J'aimerais bien que tu aies des rênes. Je pourrais peut-être te faire faire demi-tour."

ZAP !

Les rênes sont apparues.

Lia les entoura de ses mains, mais avant qu'elle ne puisse les contrôler, elles se fondirent dans le vide.

"Tu as raison, je crois que nous sommes foutus", dit la petite Dorrit. Des larmes de verre coulent de ses yeux.

BONJOUR

François apparaît : "Puis-je vous aider ?"

"Bien sûr que si", s'exclame Lia. "Sortez-nous d'ici !"

"Fermez les yeux et tenez bon", dit François.

Lia et la petite Dorrit tremblent de peur.

DING. DING. DING.

Le micro-ondes. La cuisine.

Lia s'est laissée tomber sur le sol.

La petite Dorrit atterrit en toute sécurité dans un ruisseau frais, où elle s'éclabousse, puis rentre chez elle.

"Où étais-tu ? demande Bébé.

"Je suppose que vous n'avez pas reçu mon message. Ne t'en fais pas, je suis trop fatiguée. Je suis trop fatiguée", dit la Petite Dorrit. "Je t'en parlerai demain matin."

CHAPITRE VINGT-TROIS

JOUR SUIVANT

C'ÉTAIT AU TOUR DE Sobo de préparer le petit déjeuner, et c'est elle qui a trouvé Lia, sur le sol, roulée comme une pelote de laine.

Sobo poussa un cri, "Venez vite ! Notre Lia a besoin d'aide !"

Samantha est la première à arriver. Elle a immédiatement appuyé ses lèvres sur le front de Lia pour vérifier la température, puis a crié à son mari d'apporter un thermomètre pour revérifier.

"Sa température est de 107,7, confirme Sam. "Il faut l'emmener à l'hôpital.

Samantha a appelé le 911 pendant que Sam prenait Lia, la portait et l'installait sur le canapé, et ils ont attendu l'ambulance.

"Je vais tenir le fort", dit Sam, tandis que sa femme et Sobo suivent les ambulanciers qui transportent Lia inconsciente sur une civière.

Alors que l'ambulance s'éloigne du trottoir, sirène hurlante, Lia ouvre les yeux et tente de se redresser.

"Je me sens bien", a-t-elle déclaré.

L'ambulancier vérifie à nouveau sa température, qui est normale. Il a haussé les épaules.

Lorsqu'ils sont arrivés à l'hôpital, Lia était redevenue elle-même et voulait rentrer chez elle - maintenant.

"Bien que ses signes vitaux soient bons maintenant, puisque vous nous avez appelés, nous devons continuer. Lia sera admise, et une fois que le médecin de garde lui aura donné le feu vert, elle pourra rentrer chez elle."

"Laissez-moi au moins entrer", a déclaré le participant, alors que le chauffeur ouvrait les portes.

"Non, ma petite dame, ne bougez pas", dit-il, alors qu'ils s'apprêtent à transporter la civière et son occupant à l'intérieur, suivis de Samantha et de Sobo.

Samantha a envoyé un SMS à Sam pour lui donner des nouvelles. Il lui a répondu avec un emoji de pouce levé, juste au moment où elle a pratiquement croisé les parents de PJ et Arden qui étaient en train de sortir.

"Ils sont réveillés ! Nos garçons sont réveillés !"

"Les deux ? s'exclame Samantha en transmettant cette dernière information à Sam, qui a réveillé son neveu pour lui annoncer la bonne nouvelle.

"J'arrive tout de suite !" dit E-Z après avoir appelé un taxi.

CHAPITRE VINGT-QUATRE

À L'HÔPITAL

E-Z **EST EN ROUTE pour** aller voir ses deux meilleurs amis. Dans le taxi, son esprit ne cesse de répéter les bonnes nouvelles. Il s'était passé tant de choses. Tant de choses qu'ils avaient manquées. Tant de choses qu'il devait leur dire. Il voulait leur dire.

"L'infirmière demande : "Savez-vous dans quelle chambre ?

Il lui dit non et elle s'empresse de le lui trouver. Après l'avoir remerciée, il prit l'ascenseur et se dirigea vers leur chambre en se demandant s'il devait leur acheter quelque chose. Des fleurs ? Des bonbons. Il décida de leur demander s'ils avaient besoin de quelque chose.

Arrivé juste devant leur porte, il entendit leurs voix à l'intérieur et resta à l'affût quelques instants, avant de se faire connaître. Puis il prit une profonde inspiration, essayant de ne pas se laisser submerger par ses émotions - il ne voulait pas devenir tout mou et se mettre dans l'embarras...

"Entre donc, gros nigaud !" dit PJ.

"Ahhhhh, il nous a ratés !" dit Arden.

"Vous ne devriez pas être plus beaux après tout ce sommeil de beauté ? Au fait, vous avez tous les deux besoin de vous raser !"

"Nous ne voulons pas vous faire de l'ombre et je vis un peu au rythme de ma moustache", a déclaré M. Arden.

"Nous savons que vous aimez l'attention ! Je vois que ton goupillon aurait bien besoin d'une coupe aussi !"

La mère de PJ, qui vient de rentrer dans la chambre, chuchote à E-Z qu'ils ne veulent pas que les garçons en fassent trop, puisqu'ils ne sont réveillés que depuis quelques heures.

Après avoir bavardé quelques instants, E-Z a serré ses deux amis dans ses bras et leur a dit qu'il devait partir. "Je reviendrai", promet-il, "et je me glisserai un ou deux hamburgers - j'ai entendu dire que la nourriture de l'hôpital était vraiment très mauvaise".

"Tu ne le feras pas !" dit la mère d'Arden en revenant elle aussi dans la pièce.

Il recule sa chaise, la mère d'Arden lui fait face, ses deux amis joignent les mains, le suppliant de bien vouloir leur apporter de la nourriture.

En avançant dans le couloir, il n'arrivait pas à croire qu'ils lui avaient tant manqué - et qu'ils étaient si beaux. Il prit l'ascenseur jusqu'aux Urgences, où il retrouva Samantha et Sobo.

"Des nouvelles ? demande E-Z.

"Elle allait bien, elle était furieuse qu'ils la fassent rester pour l'ausculter", dit Samantha. "Mais je me sentirai mieux quand elle aura le feu vert et que nous pourrons sortir d'ici."

"Moi aussi", dit E-Z. "Je vais aller jeter un coup d'œil." Il s'engagea dans le couloir. Il écoutait les voix à l'intérieur d'une zone couverte par des rideaux, qu'il considérait comme des postes de pré-admission. Finalement, il entendit la voix de Lia à l'intérieur et entra.

"Veuillez attendre à l'extérieur", dit l'infirmière.

"Mais c'est ma soeur."

"Je veux rentrer chez moi, tout de suite", exige-t-elle, avant de croiser les bras sur sa poitrine.

"Vous sortirez dès que le médecin aura dit que vous pouvez sortir. Et pas plus tôt."

"Comment vas-tu ? Maman s'inquiète pour toi."

"Je vais vous laisser discuter tous les deux", dit l'infirmière. "Le médecin ne devrait pas tarder à arriver. Oh, et veillez à ce qu'elle reste calme."

"Merci", dit E-Z.

Une fois qu'elle est partie, ils s'étreignent.

"La petite Dorrit et moi avons failli être brûlées par le soleil", dit-elle. Elle a tout raconté à E-Z, du début à la fin.

"Il est intéressant de noter que c'est François qui vous a sauvée."

"Je ne sais pas comment il l'a su. La petite Dorrit et moi pensions que nous étions fichus. C'était vraiment les Furies. Elles voulaient nous brûler ! Nous avons été brûlés. Ce sont des sorcières horribles et maléfiques !"

"Il y avait des serpents ? demande E-Z

"Serpents et fouets".

"On dirait bien les Furies". E-Z hésite. Il changea de sujet. "As-tu entendu parler de PJ et Arden ?"

Elle secoue la tête.

"Ils se sont réveillés !

"Pas du tout ! C'est une drôle de coïncidence, vous ne trouvez pas ? Ils essaient d'éliminer la Petite Dorrit et moi, pendant que nos deux amis comateux se réveillent."

"Vous avez raison, je pense que tout est lié."

Samantha repousse le rideau : "Qu'est-ce qui est lié ?" Elle a pris sa fille dans ses bras. "Comment te sens-tu maintenant, bébé ?"

"Je ne suis pas un bébé", dit Lia. "Mais je me sens mieux et je veux rentrer chez moi. Après avoir rendu visite à PJ et Arden".

Sobo est entrée. Elle a serré Lia dans ses bras.

"Qu'est-ce qui t'est arrivé ? demande-t-elle.

Une fois de plus, Lia a tout expliqué. Sa mère ne l'a pas pris aussi bien que Sobo. E-Z se précipite et verse un verre d'eau à Sam. Sobo, quant à elle, posait beaucoup de questions. "Tu faisais chauffer du lait dans le micro-ondes ?

Lia acquiesce.

"Et c'est à ce moment-là que vous êtes sorti de la cuisine ?"

"Oui, et directement sur le dos de la Petite Dorrit. La Petite Dorrit a dit que je l'avais invoquée, mais ce n'était pas le cas."

"Et ensuite, que s'est-il passé ?" demande Sobo.

"Eh bien, la petite Dorrit volait et nous avons bavardé, et comme aucun de nous ne savait où nous allions ni pourquoi, nous avons envisagé de faire demi-tour. L'instant d'après, la petite Dorrit et moi étions forcés de nous rapprocher de plus en plus du soleil sans pouvoir faire demi-tour".

"Mais vous et la Petite Dorrit ne répondez pas aux critères des Furies. Elles ne devraient pas pouvoir toucher l'une ou l'autre d'entre vous !" s'exclame E-Z.

Samantha a dit : "C'est peut-être une coïncidence.

Sobo a répété son conseil d'avant : "Ne jamais sous-estimer un ennemi."

Une fois que Lia a été autorisée à rentrer chez elle, elle et E-Z ont surpris PJ et Arden avec des cheeseburgers et des frites qu'ils ont fait entrer clandestinement.

Sur le chemin du retour en taxi, avec Samantha, Sobo et Lia, E-Z ne pensait qu'à une seule chose. Les Furies avaient attaqué Lia et la Petite Dorrit et elles avaient échoué. Non seulement elles avaient échoué - grâce à François - mais d'une manière ou d'une autre, l'univers avait renvoyé PJ et Arden.

Une coïncidence ? Il ne le pensait pas. Ce qu'il voulait plutôt croire, c'est que les pouvoirs des Furies diminuaient si elles s'aventuraient en dehors de leur mandat.

Quoi qu'il en soit, lui et son équipe doivent être prêts à tout moment à tirer parti de la situation.

C'est peut-être leur seule chance.

Le seul avantage en leur faveur.

CHAPITRE VINGT-CINQ

SOBO

"JE DOIS POSER UNE dernière question", a demandé Sam à E-Z avant que tout le monde n'entre dans la salle pour la réunion.

"D'accord, posez vos questions", dit E-Z.

"Je me demandais pourquoi Rosalie ne savait pas pour François."

E-Z n'a pas pu aller plus loin que "Je" avant que Brandy et Lia n'entrent dans la cuisine.

"Ne vous occupez pas de nous", dit Brandy en ouvrant le réfrigérateur, en sortant le jus d'orange et en le terminant avant de jeter le contenant dans la poubelle de recyclage.

"Euh, tu devrais d'abord rincer ça", dit E-Z, ce que Brandy fait. Puis elle s'est assise sur une chaise et s'est essuyé la bouche du revers de la main.

"Désolé, je ne voulais pas être impoli, vous savez, en m'arrêtant brusquement comme je l'ai fait. Je voulais que nous soyons tous ici pour discuter des préoccupations de l'oncle Sam."

"C'est juste", dit Lia en prenant place à côté de Brandy.

L'un après l'autre, les autres arrivèrent et prirent place autour de la table.

E-Z a commencé par informer tout le monde du rétablissement miraculeux de PJ et d'Arden, ce qui a été suivi d'une salve d'applaudissements de la part de tous, y compris de ceux qui ne les avaient pas encore rencontrés.

"Ensuite, à l'ordre du jour, et je pense que ces deux points peuvent être liés, Lia et la petite Dorrit ont été piégées pour quitter la maison et leurs vies ont été mises en danger. Sans François, les Furies, que nous considérons comme responsables, auraient pu réussir."

"Bravo François ! dit Charles.

"Comment avez-vous été piégés ? demande Brandy.

"Où cela s'est-il passé ? demande Lachie.

"Lia, tu veux le raconter ? demande E-Z. Elle a secoué la tête, non. "Sautez si j'oublie quelque chose", dit-il. Il a expliqué ce qui s'était passé et pourquoi ils pensaient que les Furies étaient responsables.

"Depuis, j'ai pensé aux Furies et à leur mandat. Comme nous le savons, elles doivent le respecter. Lorsqu'elles ont essayé de tuer Lia et la petite

Dorrit, elles ont enfreint les règles. Quelle raison pouvaient-elles donner pour tenter de tuer Lia ou la petite Dorrit ? Non seulement ils sont allés à l'encontre de leur mandat, mais ils ont échoué. Maintenant, considérez ce qui s'est passé exactement au même moment - je veux dire bien sûr PJ et Arden - ils sont sortis de leur coma. Une coïncidence ? Je ne crois pas.

"Et plus je les relie dans mon esprit, plus je me demande si les Furies ne sont pas en train de s'affaiblir. Si j'ai raison, c'est peut-être le bon moment pour nous de les abattre."

"C'est possible, dit Alfred, mais je me souviens d'avoir lu un article sur Einstein à l'époque où j'étais à l'école, ce qui pourrait prouver le contraire. Je veux dire que ce n'était peut-être pas du tout les Furies. C'est peut-être une perturbation du continuum espace-temps. Puisque François a pu les sauver et qu'aucun d'entre nous n'était au courant, c'est une possibilité qui mérite d'être étudiée, tu ne crois pas ?

Sam fait les cent pas. "Compte tenu de tout ce que nous savons sur les Furies et de ce que je me rappelle de mes études sur Einstein, pour avoir une chance de plier le continuum espace-temps, Lia et la Petite Dorrit auraient dû voyager plus vite que la lumière - 186 282 miles par seconde. Si vous alliez aussi vite, vous reculeriez dans le temps au lieu d'avancer".

"Nous allions vite, mais pas aussi vite", a déclaré Lia.

"Racontez-nous à nouveau ce qui s'est passé, Lia. Image par image. Jusqu'au moment où François est arrivé", dit Alfred.

L'histoire de Lia a commencé dans la cuisine et s'est terminée à l'hôpital.

A main levée, tous ont voté pour la responsabilité des Furies, mais personne n'a pu expliquer pourquoi François était au courant, ni comment il a été convoqué.

"Vous l'avez appelé ?" demande E-Z. "Je veux dire, comment a-t-il su ? C'est quelque chose que j'ai l'intention de lui demander."

"Ce qui me ramène à notre point de départ aujourd'hui", dit Sam. "Et ma question est la suivante : pourquoi Rosalie ne savait-elle pas pour François ?"

"Et comment va la Petite Dorrit ?" demande Sobo.

"Je ne sais pas pour François, mais la licorne dormait quand je suis allée chercher de l'herbe ce matin.

"Ah, c'est bien, dit Lia.

"Peut-être que les médecins ont une explication sur la raison pour laquelle PJ et Arden se sont réveillés quand ils l'ont fait ? demande Sam.

"C'est vrai, ils pourraient le faire, mais je ne vois pas en quoi cela nous concerne. Pas vraiment. L'essentiel, c'est qu'ils sont réveillés et que nous ne savons toujours pas si les Furies en sont responsables. En revanche, nous avons la preuve de ce qu'elles ont fait à d'autres enfants et, d'une manière ou d'une autre, nous devons les faire payer. Et nous devons les faire cesser."

"Peut-être que les médecins ont une explication sur la raison pour laquelle PJ et Arden se sont réveillés quand ils l'ont fait ? demande Sam.

"C'est vrai, ils pourraient le faire, mais je ne vois pas en quoi cela nous concerne. Pas vraiment. L'essentiel, c'est qu'ils sont réveillés et que nous ne savons toujours pas si les Furies en sont responsables. En revanche, nous avons la preuve de ce qu'elles ont fait à d'autres enfants et, d'une manière ou d'une autre, nous devons les faire payer. Et nous devons les faire cesser."

"Ici ! Tiens !" dit Charles en frappant de la main sur la table.

"Pouvons-nous parler un peu plus de François ?", demande Brandy.

"Et s'il ne veut rien nous dire, demande Charles, à moins que nous ne l'acceptions comme membre de l'équipe ?

Charles a raison", a déclaré E-Z. "Je suis prêt à utiliser cela comme un test avec François. "Je suis prêt à utiliser ceci comme un test avec François. S'il ne nous dit pas ce qu'il sait, c'est peut-être qu'il n'est pas fait pour être l'un des nôtres".

"Et s'il est un très bon menteur ? demande Brandy. "Et certaines personnes sont d'excellents menteurs".

Lia a dit : "Pourquoi ne pas faire un appel Zoom ? Nous pourrions tous discuter avec lui, voir de quoi il s'agit et ensuite nous pourrions voter ? Je suis déjà prête à voter pour".

"Non, dit E-Z. "Je ne veux pas qu'il sache pour Charles, Haruto, Lachie ou Brandy. Tout ce qu'il sait pour l'instant, c'est ce qu'il peut trouver en ligne."

"Et pourtant", interrompt Sam, "Poppet a pu entrer dans notre maison".

"Oui, c'est ça", dit E-Z.

"De plus, il a sauvé la Petite Dorrit et moi - il sait donc tout sur elle."

"J'ai l'impression que nous tournons en rond", a déclaré Alfred. "Pendant ce temps, de plus en plus d'enfants meurent et entrent dans les capteurs d'âmes qui appartiennent à d'autres personnes décédées", dit Alfred. "J'espérais tellement que nous serions plus avancés, après avoir déchiffré les informations contenues dans le livre."

"Attendez une minute", dit E-Z. "Est-ce que quelqu'un a vu Hadz et Reiki aujourd'hui ?"

Aucun ne l'a fait.

Le téléphone d'E-Z sonne. Un long message de PJ et Arden lui parvient :

"Ne nous demandez pas comment, mais nous savons que les Furies viennent vers vous. Et oui, nous avons un plan. Nous devons savoir dès que vous les voyez. Envoyez-nous un message - et Haruto."

E-Z a répondu. "Quoi ????"

"Faites-nous confiance", a écrit PJ.

Les deux ont échangé des émojis de pouce levé, puis il a expliqué la situation à Haruto et aux autres.

Le fait de savoir que les Furies étaient prêtes à commencer le combat maintenant, sur le territoire de leur ennemi et sans leur chef Eriel, rendait E-Z anxieux. Ils avaient perdu l'élément de surprise, grâce à PJ et Arden.

Pourtant, attendre leur arrivée n'était pas la meilleure des stratégies.

Mais ils avaient l'avantage maintenant. Tout ce qu'il leur reste à faire, c'est attendre et espérer.

CHAPITRE VINGT-SIX

VISITEURS INATTENDUS

Tous VAQUAIENT à LEURS occupations, tentant de s'occuper en attendant. Puis, malgré les murs de briques, une odeur nauséabonde se répandit.

"Qu'est-ce que c'est ? s'écrie Lia en se bouchant le nez avec ses doigts. "Je le sens encore !

Brandy faisait de même avec sa droite et avec sa gauche, elle vaporisait du désodorisant dans la pièce, ce qui, au lieu d'atténuer la puissance de la puanteur, semblait rendre l'air plus épais et le renforcer.

"Allons dehors !" dit Lachie. "C'est peut-être mieux dehors ? Il ouvrit la porte, même si la logique lui disait que si l'odeur était mauvaise à l'intérieur, elle devait être pire à l'extérieur. Au début, ses sens étaient trompés et il ne sentait rien. Était-il en train de s'habituer ? Les Furies étaient-elles en train de faire des boules puantes à l'intérieur de la maison ?

Il aperçoit alors Little Dorrit et Baby, qui tournent en rond au-dessus de lui. "Ce n'est pas mieux là-haut ! dit Bébé.

"Peu importe comment nous allons !" ajoute la petite Dorrit.

La puanteur le frappa à nouveau, comme une gifle au visage, et il perdit un instant l'équilibre. Il repéra la corde à linge et les pinces à linge et courut vers elles. Il en plaqua une sur son nez et voilà, il ne sentait plus rien. Il fit signe à Little Dorrit et à Baby de descendre et quand ils le firent, il appliqua les pinces nécessaires (leurs nez en avaient besoin de plusieurs) jusqu'à ce qu'eux aussi ne sentent plus l'odeur nauséabonde.

"Merci", disent la Petite Dorrit et le Bébé en se levant du sol. "Nous ferons le guet."

Lachie leur a donné un coup de pouce, puis a remarqué qu'il y avait un peu d'agitation sur le sentier en direction de la clôture du jardin. Un groupe de créatures formait un cercle, comme si elles se réunissaient. Il se dirigea vers lui, tandis qu'un hibou se détachait d'une branche et se posait sur son épaule.

"Euh, bonjour", dit-il en regardant la chouette dans les yeux. "Nous sommes-nous déjà rencontrés ?" Le hibou hocha la tête et il reconnut alors qui c'était. C'était Sobo. "Quand tu as dit que ton superpouvoir était la transformation, je ne t'imaginais pas comme ça !"

"Haruto ne le sait pas", dit-elle. "Du moins, je ne pense pas qu'il se souvienne de moi - pour l'instant." Elle retourna vers le groupe de créatures, "Venez vous joindre à nous" dit-elle.

Lachie s'est promené parmi eux et a été présenté tour à tour à un cerf nommé Oboe, à un raton laveur nommé Charlie, à un renard nommé Louise, à un oiseau (geai bleu) nommé Lenny et à un deuxième oiseau (cardinal) nommé Percy.

"Nous sommes venus pour aider", dit le cerf Hautbois, "mais nous avons très peur des Furies".

"Laissez-moi les voir !" s'exclame Charlie le raton laveur. "Je vais leur arracher les yeux".

"Et je leur arracherai la gorge ! s'écrie Poux le renard.

"Whoa ! Attends un peu !" dit Lachie. "Ce n'est pas votre combat. Même si j'apprécie que tu veuilles nous aider, pourquoi ne nous donnes-tu pas d'abord un coup de main ? Si nous avons besoin de votre aide, je sifflerai et vous pourrez alors venir ?"

"Il a raison, dit Sobo. "Mais il ne parle pas de moi." Elle regarda Lachie, pour s'assurer que ses suppositions étaient corrigées, et répondit par un hochement de tête. "Je dois protéger mon petit-fils et les autres.

Lenny et Percy, les deux autres oiseaux, gazouillent entre eux.

Sobo, qui était resté calme, se mit à battre des ailes de la façon la plus erratique en répétant : "

De mauvaises choses arrivent ! Des choses terribles arrivent ! Des choses terribles arrivent !"

"Chut, Sobo", dit Lachie en essayant de la calmer. "Nous sommes prêts et ils ne savent pas que nous savons qu'ils arrivent."

BRUIT SOURD BRUIT SOURD BRUIT SOURD BRUIT SOURD

BRUIT SOURD BRUIT SOURD BRUIT SOURD BRUIT SOURD

BRUIT SOURD BRUIT SOURD BRUIT SOURD BRUIT SOURD

C'était le bruit que faisait le sol sous leurs pieds, pulsant comme un cœur essayant de sortir de la poitrine.

Le bruit sourd a été suivi d'un tambour.

Puis un bruit sourd.

"Les Furies arrivent !

Les Furies arrivent !

Les Furies arrivent !"

Tandis que le ciel au-dessus d'eux s'agite

Et s'est retourné.

Et brûlé.

D'un bleu brillant à un rouge orangé sanglant.

Les voisins se sont précipités dehors, comme le font les voisins, pour voir ce qu'il en était de cette odeur nauséabonde. Certains automobilistes bruyants se sont évanouis lorsque leurs sens ont été bouleversés, tandis que d'autres ont apporté du pop-corn sous le porche pour le manger et le regarder.

Ils n'avaient aucune idée du danger qui les guettait.

Et pourtant, il y avait des indices.

Les chuchotements de l'écho.

Le bruit sourd du bruit sourd du bruit sourd.

Pourtant, nombreux sont ceux qui ne se sont pas repliés à l'intérieur de leur maison.

Au lieu de cela, ils ont mangé leur pop-corn et bu leurs sodas, tout en attendant.

ÉCARTEMENT

Sans **s'échapper.**

Alors que le sol sous leurs pieds était

BRUIT SOURD BRUIT SOURD BRUIT SOURD BRUIT SOURD

BRUIT SOURD BRUIT SOURD BRUIT SOURD BRUIT SOURD

BRUIT SOURD BRUIT SOURD BRUIT SOURD BRUIT SOURD

Ensuite, le bruit sourd a été suivi d'un tambour.

Puis un bruit sourd.

"Les Furies arrivent ! Les Furies arrivent ! Les Furies arrivent !"

✳✳✳

"S**ORTONS** !", **S'EXCLAME** E-Z. s'exclame E-Z. "Et affrontons-les de face !" Il ouvrit la porte d'entrée en grand, de sorte qu'elle s'écrasa contre le mur.

Brandy, Lia, Haruto, Charles et Alfred étaient derrière lui, prêts à passer à l'action dès qu'ils en recevraient l'ordre.

Il jette un coup d'œil par-dessus son épaule et voit Sam et Samantha qui sortent. "Les bébés ont besoin de vous à l'intérieur. Laissez-nous faire."

Sam et Samantha se sont retirés.

Les quatre soldats sont maintenant côte à côte sur la pelouse, en train d'attendre. Pour un étranger, ils auraient pu ressembler à un groupe d'enfants attendant l'arrivée du bus scolaire un jour d'école normal. Mais ce n'était pas un jour normal. C'était l'Armageddon.

Les bras de Lia tremblaient tandis qu'elle cherchait dans son esprit, s'ouvrait à son esprit, espérant déchiffrer que ses superpouvoirs lui permettraient d'accéder à l'esprit des Furies. Qu'elle serait capable de se mettre en avant et de trouver des indices, des informations pour aider son équipe - mais son esprit restait vide.

Alfred dit : "Je vais voler sur le toit. Je vais voir ce que je peux voir."

E-Z acquiesce. "Veillez à votre sécurité. Oh, et vois si tu peux trouver Lachie et Sobo." Il avait déjà repéré la licorne et le dragon qui volaient au-dessus d'eux. Il leur fit un signe de la main.

Un grand coup de sifflet, et Baby plonge, Lachie saute sur son dos et ensemble ils rejoignent Alfred sur le toit. Une chouette se pose à côté d'eux.

"C'est Sobo, dit Lachie.

"Vous voyez quelque chose ? demande E-Z.

Alfred bat des ailes : "Un énorme plateau de la taille d'un iceberg se dirige vers nous, mais il se déplace rapidement."

E-Z essayait de se l'imaginer, mais il n'y parvenait pas, car comment lui et son équipe allaient-ils arrêter une telle chose ? Comment ?

"Il se dirige vers nous comme un tsunami", a déclaré Alfred.

"Mais ce n'est pas de l'eau", dit Lachie. "On dirait qu'elle est faite de sable. Une vague de sable. Portant trois femmes vêtues de noir."

Une vague de sable, oui, maintenant il pouvait l'imaginer. "ETA ? Je veux dire l'heure d'arrivée prévue ? demande E-Z.

"Difficile à dire, dit Alfred. "Minutes..."

Pendant ce temps, sous leurs pieds, le sol continue de **battre.**

Et des **bruits sourds.**

"Les Furies arrivent ! Les Furies arrivent ! Les Furies arrivent !"

✳✳✳

"RENTREZ à l'intérieur ! E-Z crie aux voisins curieux. "Fermez les portes, verrouillez-les. Et que quelqu'un mette un avis sur les médias sociaux. Dites à tout le monde de rester à l'intérieur. Qu'ils ne sortent plus tant que je ne leur ai pas donné le feu vert ! Maintenant, partez !"

SLAM.

SLAM.

Par-dessus son épaule, Alfred, un hibou, Lachie et Baby observent la scène, tandis que la vague réduit la distance entre les Furies et son équipe, tandis que la Petite Dorrit garde un œil vigilant depuis le ciel.

Il était trop tard pour élaborer un plan. Trop tard pour faire quoi que ce soit d'autre que d'espérer être prêt, alors que le vent les fouettait et les poussait et que la terre cognait en synchronisation avec les battements de leurs cœurs.

CRASH.

Derrière lui, la porte d'entrée s'est détachée et a volé hors de ses gonds. Elle rebondit et s'ébranle le long de la rue avant de s'immobiliser.

Sam est sorti. E-Z tourne sa chaise vers lui, n'en croyant pas ses yeux.

Sam avait assemblé un costume, ou plusieurs costumes, créant ainsi son propre personnage de super-héros. Sur sa tête, il y avait un casque de chevalier dont le masque était relevé. Lorsqu'il avançait, le masque descendait et il devait le remettre en place d'un clic. Il avait appliqué du noir sur ses yeux, comme le font les joueurs de base-ball pour éliminer les reflets sous les yeux. Son torse était bombé, comme s'il portait un gilet pare-balles sous sa chemise, et derrière lui traînait une longue cape noire. En bas, il portait un jean noir et sa paire de chaussures de course préférée.

L'équipe de super-héros essaya de ne pas rire tandis qu'il se frayait un chemin à leurs côtés, et ils remarquèrent que son nom de super-héros - SAM THE MAN - était cousu dans le tissu de ses épaules.

Little Dorrit plongea et jeta Brandy sur son dos. Ensuite, Lachie a sauté sur le dos de Baby et s'est envolé. Il jette un coup d'œil sur le toit. La Petite Dorrit n'y était plus. Alfred et le hibou s'envolèrent du toit. Tous atterrirent à côté d'E-Z et des autres.

"Tous pour un", ont-ils dit. "Et un pour tous !

"Mais où est mon Sobo ? demanda Haruto.

Sobo a volé sur son épaule et il a tout de suite su que c'était elle. Puis elle reprit sa forme humaine.

L'équipe d'enfants a vu Sam l'Oncle se transformer en Sam l'Homme, et Sobo passer du statut de hibou à celui de grand-mère, mais aucun d'entre eux n'a été perturbé par cette transformation.

Car sous leurs pieds, le sol continuait à DRUMMING.

Et **THRUMMING.**

Mais les mots ont changé.

"Les Furies sont presque là.

Les Furies sont presque là.

Les Furies sont presque là."

✳✳✳

E-Z ET SON ÉQUIPE observent l'énorme vague de sable, semblable à un paquebot entrant dans un port. Mais cet engin a déferlé dans les rues, écrasant les maisons, les arbres et tout ce qui vivait sur son passage. Et elle ne ralentissait pas.

Ils n'eurent pas le temps de décoller, d'autant qu'ils étaient abasourdis par la taille de l'engin. Elle s'arrêta, et les Furies régnèrent sur eux, leurs voix hurlant de rire alors qu'ils posaient leurs yeux sur leurs ennemis pour la toute première fois.

"Sont-ils vraiment réels ?" s'enquiert Tisi. "On dirait des poupées miniatures qui attendent qu'on leur marche dessus."

"Je vois qu'ils ont un dragon et une licorne. Et un cygne. Oh là là !" s'écrie Ali.

"N'oubliez pas pourquoi nous sommes ici", dit Meg. "Maintenant, vous deux, tenez-vous bien, pendant que je descends et que je discute avec le chef. Comment s'appelle-t-il déjà ?"

"E-Zed", s'écrie Tisi.

"E-Zed", s'écrie Ali.

Ensemble, ils ont prononcé le nom E-ZED, E-ZED, E-ZED".

"Ils t'appellent E-Z", dit Brandy en donnant le coup d'envoi.

"Non ! s'écrie E-Z. "Attendez mon ordre ! Mais il était trop tard, la Petite Dorrit et Brandy étaient déjà en vol, mais ils n'allèrent pas loin, trouvant une place sur le toit.

E-Z et le reste de l'équipe ont tenu bon.

"Qu'est-ce qu'ils attendent ?" demande Sam.

Charles a dit : "Ils espèrent que leur puanteur fera le travail pour eux. Il sourit et tout le monde rit. Tout le monde sauf Sobo, qui reprit son état de hibou et s'envola sur le toit aux côtés de Brandy et de la Petite Dorrit.

Les Furies, qui avaient une excellente ouïe, un plan et l'intention de le suivre, n'apprécièrent pas d'être la cible des plaisanteries des enfants super-héros et s'envolèrent l'une après l'autre. Au fur et à mesure qu'elles s'approchaient, la puanteur augmentait et leurs robes noires flottaient dans la brise.

"Attrape !", lance Lachie en lançant des pinces à linge à chaque membre de l'équipe. appelle Lachie en lançant des pinces à linge à chaque membre de l'équipe.

Les sorcières, qui n'étaient plus aussi puantes, s'approchèrent pour que les enfants en bas puissent les voir plus en détail. En personne, elles étaient plus grandes que nature, littéralement, à cause des serpents qui glissaient sur leurs corps. Les serpents à la langue fourchue qui crachaient étaient accompagnés du bruit des fouets qui claquaient, dans une démonstration exceptionnelle de guerre psychologique.

C'est Meg, conformément au plan initial, qui a brisé la glace en s'écriant : " Où est Eriel ? Nous savons que vous l'avez ! Donnez-le nous, MAINTENANT".

Les enfants se bouchent les oreilles au son aigu de sa voix stridente, tandis que les objets en verre tels que les réverbères, les lampes de porche, les fenêtres et même les vitres des armoires volent en éclats sur des kilomètres et des kilomètres.

Lorsqu'il fut certain que Meg ne parlait plus (puisque sa bouche était fermée), E-Z répondit : "C'est là que les traîtres sont gardés. Alors maintenant, vous pouvez retourner en rampant dans le trou d'où vous êtes sortis tous les trois !" Et lorsqu'il eut fini de parler, le sien décolla du sol, suivi par Alfred, Sobo, Little Dorrit avec Brandy Baby et Lachie à bord.

"C'est notre territoire. Ce sont nos gens - et vous n'avez rien à faire ici. En fait, vous n'avez rien à faire sur terre. Vous ne l'avez jamais fait. Vous n'avez rien à faire ici", a déclaré E-Z. "Et nous sommes fatigués de vos manipulations. Vous avez abusé de vos pouvoirs. Vous avez abusé de vos pouvoirs. Vous êtes méprisable. Et nous allons vous faire répondre de vos actes."

"Qu'est-ce qu'un petit garçon comme toi va nous faire ? Tisi, qui s'est installée à côté de Meg, s'est écriée : "nous écraser ?"

Son rire strident emplit l'air, faisant se fendre le sol sous les pieds du reste de l'équipe. Lia, Haruto, Charles et Sam se blottirent entre les brèches pour se mettre à l'abri.

Meg s'est jointe au jeu des surnoms : "Peut-être que le cygne va nous chatouiller à mort ? Bien sûr, nous pouvons le plumer - et le manger pour le déjeuner !"

Les membres de l'équipe qui ne volent pas se serrent encore plus les uns contre les autres. Haruto, qui aurait pu filer, était trop effrayé pour bouger. Il se tenait à l'écart des trous ouverts dans la terre qui menaçaient de les engloutir.

"Et toi, petite fille", dit Alli à Lia. "Nous avons essayé de te faire fondre au soleil. Tu t'es échappée cette fois-là. Mais qu'est-ce que tu vas nous faire maintenant ? Vas-tu nous fixer avec tes mains et nous transformer en statues ?"

Les Furies hurlèrent de nouveau de rire, tandis que la terre sous eux se contractait, comme si elle essayait de donner naissance à quelque chose.

"Je m'ennuie maintenant", dit Meg.

Les deux autres sœurs étaient inhabituellement silencieuses, comme si elles étaient incertaines de ce qu'elles allaient faire.

"Meg se rapprocha un peu plus d'E-Z, les mains sur les hanches, "Nous perdons notre temps ici ! Nous ne sommes pas venus pour vous affronter aujourd'hui. Pas sans notre chef. Tout ce que nous voulons savoir, c'est où il est. Laissez-le partir. Laissez-le partir, maintenant. Et nous garderons la bataille pour un autre jour."

"Ça te plairait bien, n'est-ce pas !" s'écrie Alfred.

Ce qui a mis Alli dans tous ses états.

"Viens à moi petit swanny swanny. Le chaudron t'attend, espèce de monstre à plumes !"

"C'est un cygne, pas une oie, idiot ! dit Brandy en dirigeant la Petite Dorrit vers elle.

E-Z, heureux de cette distraction, a reçu un message de PJ et Arden, et a donné à Haruto le signal du pouce levé.

Haruto se rendit invisible et courut à toute vitesse jusqu'à l'hôpital où il retrouva PJ et Arden qui attendaient déjà à l'intérieur du jeu. Chacun d'entre eux a fait un kill. Quand Haruto arriva, ils firent deux autres kill.

Les Furies, avides d'âmes d'enfants, ont envoyé leurs essences dans le jeu.

"Les trois déesses ont crié : "Nous vous tenons !

"Maintenant ! cria PJ, tandis qu'Arden appuyait sur SAVE to USB, et une fois la sauvegarde effectuée, il appuya sur EJECT. Il a fermé la clé USB avec du ruban adhésif, puis l'a mise dans un sac hermétique.

"Apportez ça à E-Z !" dit Arden.

Arrivé au sol, Haruto fait signe à sa grand-mère, qui saisit l'USB dans son bec et l'apporte à E-Z.

PJ a envoyé un message. "Les essences des Furies sont dans la clé USB.

E-Z rangea la clé USB dans la poche de son jean, et la prochaine fois qu'il regarda Les Furies, la vue dans les lunettes de Raphaël avait changé. Les corps des trois sœurs s'estompaient, mais pas les serpents. C'est alors qu'il comprit quel était leur talon d'Achille. "Les serpents les maintiennent en vie ! s'écria-t-il. "Nous devons éliminer les serpents.

Brandy était déjà assez proche pour frapper Alli. Malheureusement, elle était aussi assez proche pour que le serpent d'Alli la morde - ce qu'il fit. Elle s'effondre et la Petite Dorrit prend la fuite, mais il est trop tard, Brandy est déjà morte.

"Sortez-la d'ici !" E-Z crie et la Petite Dorrit s'envole dans le ciel en sanglotant.

"Elle va s'en sortir, dit E-Z.

"Je ne crois pas", dit Alli en riant. "Nos serpents ne sont pas de ce monde. Si tu es mordu par l'un d'entre eux, quels que soient tes pouvoirs, ils ne fonctionneront pas. Mais nous resterons dans les parages et attendrons si tu le souhaites ? Et quand elle ne reviendra pas, nous réduirons le reste de votre équipe en miettes !"

"Salopes !" s'exclame E-Z.

Sobo passa à l'action, attaquant et arrachant les yeux de serpent un par un et les laissant tomber au sol. Quand elle en eut fini avec Alli, elle s'attaqua à Meg, puis à Tisi. Lorsqu'elle eut terminé sa tâche, la grand-mère était trop épuisée pour faire autre chose que de se poser à côté de son petit-fils et de reprendre sa forme humaine.

"Mais Sobo, dit Haruto, je veux aussi me battre.

"Laissez-les faire le reste", dit-elle. "Je suis trop fatiguée pour vous porter."

Sobo et Haruto regardent le reste de l'équipe achever les serpents.

Les Furies ouvrirent la bouche et la refermèrent, mais aucun son n'en sortit. En plus d'être sans voix et de s'éteindre, leurs corps tentaient de rester à flot tandis que le sang dans leurs veines s'écoulait goutte à goutte.

Le fauteuil roulant d'E-Z se déplaçait sous eux, capturant les gouttelettes et mélangeant le sang de The Furies aux autres échantillons qu'il avait recueillis.

"Ils sont morts", confirme E-Z, alors que les robes vides des Furies flottent comme des fantômes noirs vers le sol.

Mais ce n'était pas encore fini.

✳✳✳

DERRIÈRE E-Z, LA VAGUE de sable a levé la tête et, voyant les yeux crevés autour d'elle - les yeux de tous ses enfants - la mère de tous les serpents s'est lentement animée.

Sam, qui a repéré le mouvement en premier, a crié "Attention E-Z !" et comme il n'a pas entendu ses appels, Lia, Charles, Haruto et Sobo se sont joints à lui.

Lachie a entendu leurs cris et a vu le serpent qui se dirigeait vers E-Z. Il a regardé dans les yeux du serpent et a dit "NON ! Il a regardé le serpent dans les yeux et a dit : "NON !".

Pendant une seconde ou deux, la mère serpent s'est arrêtée de bouger, et il semblait qu'elle avait entendu et compris l'ordre de Lachie, puis il a vu une lueur dans ses yeux. Il s'écria "Duck E-Z !", tandis que Baby ouvrait la bouche et tirait en direction d'E-Z et de la mère serpent.

Les cheveux d'E-Z étaient en feu et il les a éteints en tapotant, puis sa chaise est tombée par terre.

Baby continua à cracher du feu sur la mère serpent géante jusqu'à ce qu'elle soit réduite en cendres. Au lieu de la puanteur que dégageaient les Furies, l'air était maintenant empli d'une odeur de poulet, comme celle que l'on trouve dans les barbecues d'arrière-cour.

"Merci à Baby et à tout le monde", dit E-Z en passant ses doigts au milieu de ses cheveux. Il avait enlevé la partie qui ressemblait à des poils.

"Il repoussera", dit Sam, alors que le sol sous leurs pieds recommence à se dérober.

THRUM

ET TAMBOUR

Le fauteuil roulant d'E-Z se souleva de lui-même et commença à faire pleuvoir des gouttes de sang dans les cratères qui s'étaient creusés dans le sol.

"Qu'est-ce qui se passe ? demande Alfred.

Sous lui, son fauteuil roulant continue de saigner en le projetant d'un endroit à l'autre. "Une petite gouttelette par-ci, une petite gouttelette par-là", récite-t-il dans sa tête. Au sol, son équipe disait les mêmes mots qui tournaient dans sa tête : "Une petite gouttelette par-ci, une petite gouttelette par-là", puis ensemble, ils terminaient le poème : "Une petite gouttelette, partout", et recommençaient. Il secoua la tête... étaient-ils tous en train de lire dans ses pensées ?

Sous leurs pieds, la terre continue.

TAMBOURS

THRUMMING.
CONVULSIONNANT.
CONTRAT.

Lia se souleva du sol, ouvrant les bras au maximum, la tête rejetée en arrière et les yeux rivés vers le ciel. Et au-dessus d'elle, le ciel se déchira. Il commença à pleuvoir, mais les éclaboussures étaient rouges lorsqu'elles touchèrent la chaussée. Le ciel pleurait des larmes sanglantes, tandis que Lia se balançait et se tordait dans les airs comme une marionnette sans fil.

Les autres, à l'exception de Baby et Lachie, se sont précipités sous le porche pour échapper à la pluie sanglante, incapables de faire quoi que ce soit pour Lia qui était toujours suspendue et en transe.

"Nous nous assurons qu'elle ne tombe pas", dit E-Z, "le reste d'entre vous se met à l'abri".

PULSING.
PUSHING.

Puis il y a eu des **éclairs.**

Suivi d'un **coup de tonnerre.**

L'archange Michel franchit la barrière et descendit jusqu'à ce qu'il soit près d'E-Z.

"J'ai cru comprendre que vous maîtrisiez la situation, a déclaré Michael.

"Oui, les essences des Furies sont dans cette USB."

"Lancez-la moi", dit Michael.

Comme s'il lançait une balle de baseball à la deuxième base, E-Z lança l'USB en direction de

Michael, qui tendit le bras pour l'attraper et l'enfermer dans la glace. "I Eriel aura de la compagnie", dit Michael. "Ils resteront tous dans la glace pour le reste de l'éternité. Oh, et au fait, bravo à tous !" Puis, aussi vite qu'il était venu, il s'envola.

"Et Lia ? s'écrie E-Z, mais Michael ne répond pas.

La terre commença à pulser et à se tordre même si les Furies n'étaient plus sur elle, et le sang ne coulait plus du ciel ou de son fauteuil roulant.

Lia flottait toujours, les yeux dirigés vers le ciel, qui passait des larmes sanglantes au bleu, et sous leurs pieds, les cratères de la terre étaient recouverts d'herbe et de fleurs.

Puis tout devint silencieux, et Lia, toujours en transe, retomba en flottant sur le sol. Prostrée sur le sol, les bras toujours grands ouverts, elle sentit l'herbe sur son dos et sourit d'épuisement, tandis qu'elle rapetissait et retrouvait son âge réel, neuf ans et demi.

"Tu vas bien ? demande E-Z, tandis que le renard, le geai bleu, le raton laveur, le cardinal et le cerf se rassemblent.

Lia ouvrit les yeux et put les voir. Elle regarda ses mains et elles étaient comme avant.

"Je vais bien", dit-elle, tandis que Lachie l'aide à se relever.

Sam remarque immédiatement que les vêtements de sa fille ne lui vont plus. Il retira sa cape de super-héros et l'enroula autour de ses épaules.

"Merci papa", dit Lia.

C'était la première fois qu'elle l'appelait ainsi et il ne s'est jamais senti aussi fier qu'au moment où une larme a coulé sur sa joue.

L E BLEU DU CIEL semblait plus lumineux, comme si les étoiles clignaient des yeux malgré le fait qu'il fasse jour, et l'herbe sur le sol semblait danser dans les rayons du soleil comme si elle contenait de la rosée de diamant.

Ni E-Z ni aucun membre de son équipe ne peut parler. Personne ne voulait rompre le silence, ni troubler la beauté dont ils étaient témoins.

CHUCHOTEMENT.

CHUCHOTER CHUCHOTER.

CHUCHOTEMENTS CHUCHOTEMENTS CHUCHOTEMENTS CHUCHOTEMENTS.

Les feuilles soufflent dans le vent. Elles produisent un son qui ressemble à celui d'un être humain. Mais ce n'était pas le vent, c'était la voix des enfants du monde entier qui renaissaient.

Ceux qui avaient été enlevés par les Furies ont poussé leur corps hors du sol et ont retrouvé leur voix.

Les enfants ont réappris à marcher, à courir ou à ramper, et leurs cris ont résonné dans le monde entier :

"Je veux ma maman", crient les enfants qui renaissent, mais dont les corps sont dépourvus d'âme.

"Ces enfants ressuscités ont crié d'une seule voix : "Je veux mon papa !

"WAH, WAH, WAH !"

"WAH, WAH, WAH !"

"WAH, WAH, WAH !"

Les petits êtres sans âme se déplaçaient vers les bords, voyageant vers des endroits, leurs mouvements étant plus rapides que la vitesse de la lumière tandis qu'ils continuaient à gémir :

"Je veux ma maman !"

"Je veux mon papa !"

"WAH, WAH, WAH !"

"WAH, WAH, WAH !"

"WAH, WAH, WAH !"

Dans la Vallée de la Mort, où les capteurs d'âmes ont été conservés et stockés,

POP

POP

Les portes s'ouvrent, comme des bras, et les âmes sortent, à la recherche des corps dans lesquels elles sont encore censées être et suivent les cris des enfants.

"Je veux ma maman !"

"Je veux mon papa !"

"**WAH, WAH, WAH** !"

"**WAH, WAH, WAH** !"

"**WAH, WAH, WAH** !"

Les âmes volaient d'un enfant à l'autre. Elles cherchaient le foyer auquel elles appartenaient. C'était comme regarder des enfants jouer à un jeu d'adresse, alors que chaque âme arrivait et entrait dans le corps dans lequel elle était née. Les âmes et les corps ne faisaient plus qu'un.

SHHHHHHH.

Pour un instant, les petits sont redevenus des enfants heureux et les bruits de joie emplissent l'air.

De retour dans la Vallée de la Mort, Hadz et Reiki redirigent les âmes sans abri du monde entier qui se cachent car elles n'ont pas d'attrapeurs d'âmes. Une à une, les âmes sont entrées et la terre a commencé à se guérir.

Samantha est sortie de la maison, portant ses bébés Jack et Jill dans ses bras, tout en leur chantant doucement : "Chut, petit bébé, ne pleure pas."

POP.

POP.

Hadz et Reiki sont apparus, "Nous avons réussi !".

E-Z et son équipe se sont pris dans les bras. Ils ont pleuré, ils ont ri. Puis ils ont pleuré à nouveau, pour la perte d'un membre de leur équipe. Pour la perte de l'un des leurs : Brandy.

Le téléphone de Lia a sonné. C'était un message de Brandy : "Je suis arrivée au centre commercial - encore ! J'espère que tout le monde va bien et qu'on a battu ces sorcières !"

"Brandy est en vie ! Lia a expliqué, puis elle a répondu par texto : "Nous l'avons fait ! Je vous donnerai les détails plus tard."

"AHRHHRGHHH ! s'écrie Charles Dickens. Son corps était secoué et tremblait. Lorsqu'il s'est arrêté, il était en transe, le visage inexpressif et les paumes des mains tendues vers le haut.

"Est-ce qu'il a mes yeux pour la main ?" demande Lia.

Un livre - le plus gros volume à couverture rigide qu'ils aient jamais vu - tomba du ciel et atterrit dans les bras de Charles, dont la force faillit le faire tomber à la renverse. Charles se stabilisa, tandis que le livre massif s'ouvrait, tournant ses propres pages jusqu'à ce qu'une voix provenant de l'intérieur du livre retentisse :

"Je suis le carnet de voyage des mondes alternatifs".

Bien que la voix provienne de l'intérieur du livre, les lèvres de Charles Dickens bougent en synchronisation avec chaque mot, tandis qu'en arrière-plan résonnent encore les cris des enfants :

"WAH, WAH, WAH !"

"WAH, WAH, WAH !"

"WAH, WAH, WAH !"

"Je veux ma maman !"

"Je veux mon papa !"

"WAH, WAH, WAH !"

"WAH, WAH, WAH !"

"WAH, WAH, WAH !"

"J'ai faim !

"J'ai soif !"

Les enfants qui vivaient autrefois le plus près de la maison d'E-Z marchent côte à côte vers elle.

"Écoutez-moi ! Le voyageur des mondes alternatifs soliloque.

"Il s'agit d'une offre unique.

Si vous êtes choisi, vous devez choisir.

Une seule fois, que l'on gagne ou que l'on perde.

Ne laissez pas passer cette occasion.

Car cela ne se reproduira pas, un autre jour".

Les pages se tournent vers l'avant, puis vers l'arrière. En avant, puis en arrière. Le feuilletage s'est arrêté sur un chapitre. Un chapitre intitulé Alfred. Et il y avait des photos, de lui, avec sa famille. Tous plus âgés. Tous en bonne santé. Sur les photos, il n'était plus Alfred le cygne trompette. Il était Alfred le père, le mari, l'homme.

Les larmes aux yeux, Alfred jette un coup d'œil à E-Z. Le regard qu'ils échangent entre eux en dit long. Il doit partir. E-Z acquiesce.

Alfred se tourna ensuite vers Lia. Elle acquiesce également, sachant qu'il doit partir.

Alfred, le cygne trompette, est entré dans le chapitre qui porte son nom et s'est retransformé en homme. Et de l'intérieur des pages du carnet de voyage des mondes alternatifs, il salua ses amis.

Les pages de l'Alternate Worlds Travelogue reviennent au début du livre. Les pages se sont mélangées, encore et encore, vers l'avant et vers l'arrière, vers l'arrière et vers l'avant, pour finalement s'arrêter sur un nouveau chapitre. Un chapitre nommé Lachie.

Sur la photo, Lachie était un nourrisson. Ses parents le ramenaient de l'hôpital. Le nourrisson sur la photo portait un bracelet d'hôpital révélant que le vrai nom de Lachie était Andrew.

"Non, merci", dit Lachie. "Bébé et moi allons bientôt rentrer à la maison".

Le carnet de voyage des mondes alternatifs se referma avec une telle force que Charles faillit tomber à la renverse. Il se ressaisit et, quelques instants plus tard, le livre recommença à se feuilleter. Vers l'arrière, vers l'avant. Il mélangea les pages comme un jeu de cartes jusqu'à ce qu'il tombe sur le chapitre intitulé Haruto. Sur la photo, il était avec son père et sa mère.

"Non merci ", dit immédiatement Haruto. Il prit la main de Sobo dans la sienne et dit à Lachie : "Ça te dérangerait de nous déposer au Japon sur le chemin du retour ?"

Lachie acquiesce : "Heureux d'avoir de la compagnie."

Cette fois, des flammes jaillirent du livre avant qu'il ne se referme, et Charles faillit le laisser tomber.

Les cris des enfants, restés sans réponse, se poursuivent et s'amplifient à mesure qu'ils se rapprochent de la maison d'E-Z :

"Je veux ma maman !"

"Je veux mon papa !"

"J'ai faim !

"J'ai soif !"

"WAH, WAH, WAH !"

"WAH, WAH, WAH !"

"WAH, WAH, WAH !"

Charles ferme les yeux.

"C'est ça ? demande E-Z.

"Et nous ? demande Lia.

Les bras de Charles se mirent à trembler. Comme si le poids du livre lui pesait sur les bras. Puis le livre se referma avec une telle intensité qu'il trébucha et s'assit. Il croisa une jambe sur l'autre et serra le livre contre sa poitrine.

Il s'ouvrit à nouveau, tout comme les yeux de Charles, et une fois de plus, les pages se déplacèrent, comme des herbes marines au fond de l'océan. Il s'est refermé avec fracas. Puis il s'est retourné sur le dos. Au centre du livre, un cadre est apparu. Au début, il était vide, comme s'il attendait quelque chose. Puis il s'est mis à scintiller et un film a commencé.

Un match de baseball a déjà commencé au Dodger Stadium. Les Dodgers jouaient contre les Brewers. Et

E-Z Dickens était le receveur. Il était derrière le marbre et jouait comme un pro. Dans les tribunes, ses parents l'encouragent, juste au-dessus de l'abri.

PAUSE TERRE.

Pendant quelques secondes, la lumière du soleil a été bloquée par l'irruption d'Ophaniel dans le ciel, qui s'est dirigée vers eux.

"E-Z, je voulais juste te dire, avant que tu ne prennes ta décision, que tout ce que tu décideras de faire ou de ne pas faire aura des conséquences pour les autres."

"Comme quoi ? demanda-t-il, ne quittant pas des yeux la version encadrée de lui-même et de ses parents, même s'ils ne s'y déplaçaient plus.

"Pensez à l'accident... Qu'est-ce qui ne serait pas arrivé, dans le monde, si vos parents n'étaient pas morts ? Si tu n'avais pas perdu l'usage de tes jambes ?"

Il jette un coup d'œil en direction de son oncle Sam, puis vers Samantha, Lia et les jumeaux. Sans l'accident, aucun d'entre eux ne se serait rencontré. Les jumeaux ne seraient jamais nés.

"Si je décide de partir vivre mon rêve, que se passera-t-il ici ?

"C'est un risque que vous devriez prendre et une réponse que je ne peux pas vous donner. Mais je sais que vous êtes le catalyseur et la colle."

"D'accord, merci de me le faire savoir".

RESUME DE LA TERRE

Ophaniel est parti.

"Euh, non merci", dit E-Z.

Il a regardé ses parents et lui-même s'effacer. L'écran est devenu vide. Le cadre disparut et le livre commença à s'élever. En haut, en haut, hors des bras de Charles.

Charles se tenait comme s'il le tenait encore. Il regardait devant lui, sans rien voir.

Lorsqu'il fut loin au-dessus d'eux, le livre s'enflamma. Il grésilla et dégagea une odeur nauséabonde avant que ses restes ne soient assez petits pour être soulevés par le vent. Le carnet de voyage des mondes alternatifs n'existait plus.

Charles revient à lui alors que les enfants arrivent en masse dans la rue d'E-Z.

"Je veux ma maman !"

"Je veux mon papa !"

"J'ai faim !

"J'ai soif !"

"WAH, WAH, WAH !"

"WAH, WAH, WAH !"

"WAH, WAH, WAH !"

"Puis-je leur raconter une histoire ? demande Charles.

"Ça ne peut pas faire de mal", dit Lia.

Charles commença à raconter l'histoire des trois rochers. Les enfants s'arrêtent de bouger, cessent de pleurer en s'accrochant à chacun de ses mots - jusqu'à ce qu'il s'arrête brusquement.

Il s'est écrié "Oh, merde !", remarquant que chaque parcelle de lui s'effaçait, comme si la terre avait du mal à transmettre son signal.

"Attendez !" dit E-Z. "Vous avez un conseil à donner à un collègue écrivain ?"

"Il y a des livres dont le dos et la couverture sont les meilleures parties - ne laissez pas le vôtre être l'un d'eux. Vous allez tous me manquer !"

Certains disent qu'à ce moment précis, un rayon de lumière est descendu, l'a soulevé du sol et a emporté Charles Dickens dans le ciel. D'autres disent qu'il est parti à cheval sur la Petite Dorrit et qu'on ne les a jamais revus. Tout ce qu'ils savent avec certitude, c'est que Charles Dickens les a quittés ce jour-là et qu'on ne l'a plus jamais revu.

"**WAH, WAH, WAH** !"

"**WAH, WAH, WAH** !"

"**WAH, WAH, WAH** !"

FIZZLE POP

Un Soul Catcher est arrivé. Il ouvre sa porte et lance des pétards en l'air.

Certains bébés ont été effrayés par le bruit, d'autres l'ont adoré, mais dans tous les cas, ils ont cessé de pleurer.

Alors qu'il projette des couleurs dans l'air, ils se fondent dans la masse pour dire ceci :

SORTIR SORTIR SORTIR

OÙ QUE VOUS SOYEZ !

"Qu'est-ce qu'il veut ? demande E-Z. "Ou devrais-je dire, QUI veut-il ?"

"C'est moi ?" demanda Sobo.

"Non, c'est pour moi", dit une voix derrière eux. C'était la voix de Rosalie.

Tous se tournèrent vers quelque chose, s'attendant à voir un fantôme ou un esprit, mais ce qu'ils virent n'était ni l'un ni l'autre. C'était l'essence de Rosalie... c'est tout ce qu'ils savaient.

"Au revoir, chère Rosalie !" appelle Sobo.

L'essence de Rosalie a connu un véritable adieu, avec E-Z et son équipe qui ont crié, salué, jeté des baisers et acclamé la jeune femme. C'était une véritable célébration de tout ce qu'elle avait représenté pour eux, alors que leurs chers amis entraient dans son Attrape-âmes et qu'il s'envolait.

Maintenant que Charles est parti, les enfants reprennent leurs cris,

"**WAH, WAH, WAH** !"

"**WAH, WAH, WAH** !"

"**WAH, WAH, WAH** !"

En arrière-plan, un nouveau son se fait entendre. Le bruit de pieds, de nombreux pieds, qui courent - vite.

En se déversant dans la rue d'E-Z, les mamans, les papas et les enfants ont été réunis avec leurs proches, et cette réunification s'est produite partout sur la terre.

"Bravo ! dit E-Z à son équipe.

Ils se sont salués tandis que Lachie, Baby, Haruto et Sobo s'envolaient.

Il ne reste plus que E-Z et Lia.

ZAP !

La première Poppet est arrivée.

BONJOUR !

Suivi par François.

"Ah, nous arrivons trop tard", dit-il. "Nous avons tout raté !

De l'intérieur de la maison, on entend les cris de Samantha. "Oh non, il se passe quelque chose avec les bébés !"

Tout le monde s'est précipité à l'intérieur, dans la chambre des bébés. Jack et Jill dormaient à poings fermés.

Sam passe son bras autour de sa femme. "Ils m'ont l'air d'aller bien", murmure-t-il.

"Mais ils ne vont pas bien ! dit Samantha.

"Ça va aller", dit Sam.

"Ils me paraissent bien aussi", dit E-Z.

"Il suffit d'attendre", dit Samantha. "Attends et tu verras. Je n'aurais pas crié si je n'avais pas..." Elle vacille et titube comme si elle allait tomber.

Tous ont regardé et attendu. Rien ne se passe pendant dix, quinze, vingt, voire trente minutes.

Et soudain, quelque chose s'est passé.

Une lumière jaune et une lumière verte émanent des petits corps de Jack et Jill.

"Hadz ? Reiki ?" s'exclame E-Z.

POP.

POP.

Jack et Jill se sont assis, comme le feraient des bébés plus âgés. Ce que Jack et Jill ne savent pas encore faire.

Samantha s'est évanouie et Sam l'a rattrapée.

"Qu'est-ce que vous faites tous les deux ? demande E-Z. "Sortez de là, tout de suite !"

Hadz a déclaré : "En guise de récompense, nous avons demandé à être humains".

"Reiki a dit : "Et nous avions besoin de corps."

"Oh mon frère", dit E-Z, alors qu'on frappe à la porte d'entrée.

"Il y a quelqu'un à la maison ? s'enquièrent PJ et Arden.

EPILOGUE

E-Z A TAPé LES mots : **FIN**. Satisfait d'avoir achevé une série de quatre livres, il ferme son ordinateur portable.

"Dépêchez-vous E-Z !", crie un homme derrière lui.

E-Z retire son masque de receveur et jette un coup d'œil. Il était derrière le marbre, recevant pour les Dodgers de Los Angeles. L'arbitre balayait la plaque. Il se leva et se dirigea vers l'abri, puisqu'il était le dernier joueur à quitter le terrain.

Il reconnaît quelques joueurs et se déplace le long de l'abri en les suivant de près.

Il se passa les doigts dans les cheveux, qui étaient entièrement blonds. Ils étaient plus courts et coupés plus près que jamais. Et il était plus grand, dépassant nettement le mètre quatre-vingt-dix.

Qu'est-ce qui se passe ? Dormait-il ? Il s'est pincé. Ça fait mal.

"Tu es sur le pont, E-Z !", a crié l'entraîneur des batteurs.

Il a trouvé un écran et a regardé son reflet. Il s'est regardé, comme s'il était un étranger.

"Terre à E-Z", a dit son entraîneur.

"Désolé, coach", dit E-Z en se dirigeant vers le hangar à matériel de l'abri. Sa batte est étiquetée, tout comme le reste de son équipement. Il l'enfile et entre dans le cercle de l'aire de jeu.

Il ajuste ses coudières, puis se prépare pour le premier lancer. En même temps que son coéquipier au marbre, il fait quelques swings d'entraînement. Pendant qu'il attendait, un mouvement dans les tribunes derrière l'abri a attiré son attention. Sa mère et son père.

"Allez, attrapez-les, mon fils !", lui a crié son père.

Il a levé le pouce à ses parents, puis a regardé son coéquipier qui a réussi à atteindre la première base sans encombre.

E-Z est entré dans le rectangle du batteur, a demandé un temps d'arrêt, est ressorti et a pris quelques respirations profondes.

Reprends-toi, se dit-il. *Je ne veux pas laisser tomber l'équipe. Concentre-toi. Concentre-toi.*

Il lève le bras pour indiquer à l'arbitre qu'il est prêt, puis retourne à la plaque.

"Sa mère l'appelle : "Allez, E-Z !

Il se concentre et regarde passer le premier lancer. Probablement à plus de cent miles à l'heure. Il s'est préparé pour le deuxième lancer. Il a frappé et a raté son coup. Son coéquipier a volé une base et a atterri en toute sécurité au deuxième rang.

C'est trop. Je ne suis pas prêt. Je dois me réveiller. Je dois me réveiller - MAINTENANT.

Le deuxième lancer passe à côté. Il s'est élancé mais n'a pas touché le ballon. Le troisième lancer est arrivé et il l'a touché. Il regarde son coéquipier essayer d'atteindre la troisième place, mais il est rejeté. Il a failli atteindre le premier but à temps, mais l'autre équipe a réussi un double jeu. Avec deux retraits, il est retourné dans l'abri pour mettre son équipement d'attrapeur.

"Tu les auras la prochaine fois", lui dit son père.

Même s'il n'a pas réussi à atteindre la base, il était dans son rêve. Il vivait son rêve. Mais comment ? Il a refusé l'offre de l'Alternate Worlds Travelogue.

Faites-moi sortir d'ici ! Je ne veux pas que ça se passe comme ça ! Où est l'oncle Sam ? Où est Lia ? Où sont les jumeaux ?

Sa tête était remplie de rires alors qu'il tombait sur le sol et continuait à tomber. Jusqu'à ce qu'il atterrisse avec un bruit sourd sur un plancher en bois, dans une cabane. Quelques secondes après son atterrissage, la cabane s'enflamma.

De l'autre côté de la pièce, une petite fille était assise. Il a d'abord cru qu'il s'agissait de Lia, mais elle était rousse. Il essaya de la réveiller, mais elle ne bougea pas.

Derrière lui, la porte d'entrée est sortie de ses gonds. Une silhouette sombre et enveloppée est entrée, accompagnée d'une autre silhouette plus courte et encapuchonnée. À eux deux, ils portèrent la jeune fille à l'extérieur.

"Aidez-moi !" s'écrie-t-il.

"Servez-vous !" dit une voix de femme, la plus grande des deux silhouettes, alors que les murs commencent à s'effondrer autour de lui.

Il était de retour dans le stade, sur le dos, à même le sol, regardant ses parents dans les yeux.

Ils ont roucoulé en disant : "Ça va aller".

Remerciements

NOUS SOMMES ARRIVÉS à la fin de la série E-Z Dickens. J'espère que vous avez pris autant de plaisir à la lire que j'en ai eu à l'écrire.

Puisque vous m'avez accompagné tout au long de cette série, mon dernier MERCI s'adresse à vous, mes lecteurs. Vous êtes géniaux !

Comme toujours, bonne lecture !

Cathy

À propos de l'auteur

Cathy McGough vit et écrit dans l'Ontario, au Canada, avec son mari, son fils, leurs deux chats et leur chien. Si vous souhaitez envoyer un courriel à Cathy, son adresse est la suivante cathy@cathymcgough.com. Cathy aime recevoir des nouvelles de de ses lecteurs.

Également par :

YA
Série complète sur l'état de grâce mathématique
NON-FICTION
103 Idées de collecte de fonds pour les parents bénévoles des écoles et des équipes écoles et les équipes (3RD PLACE BEST REFERENCE 2016 METAMORPH PUBLISHING)